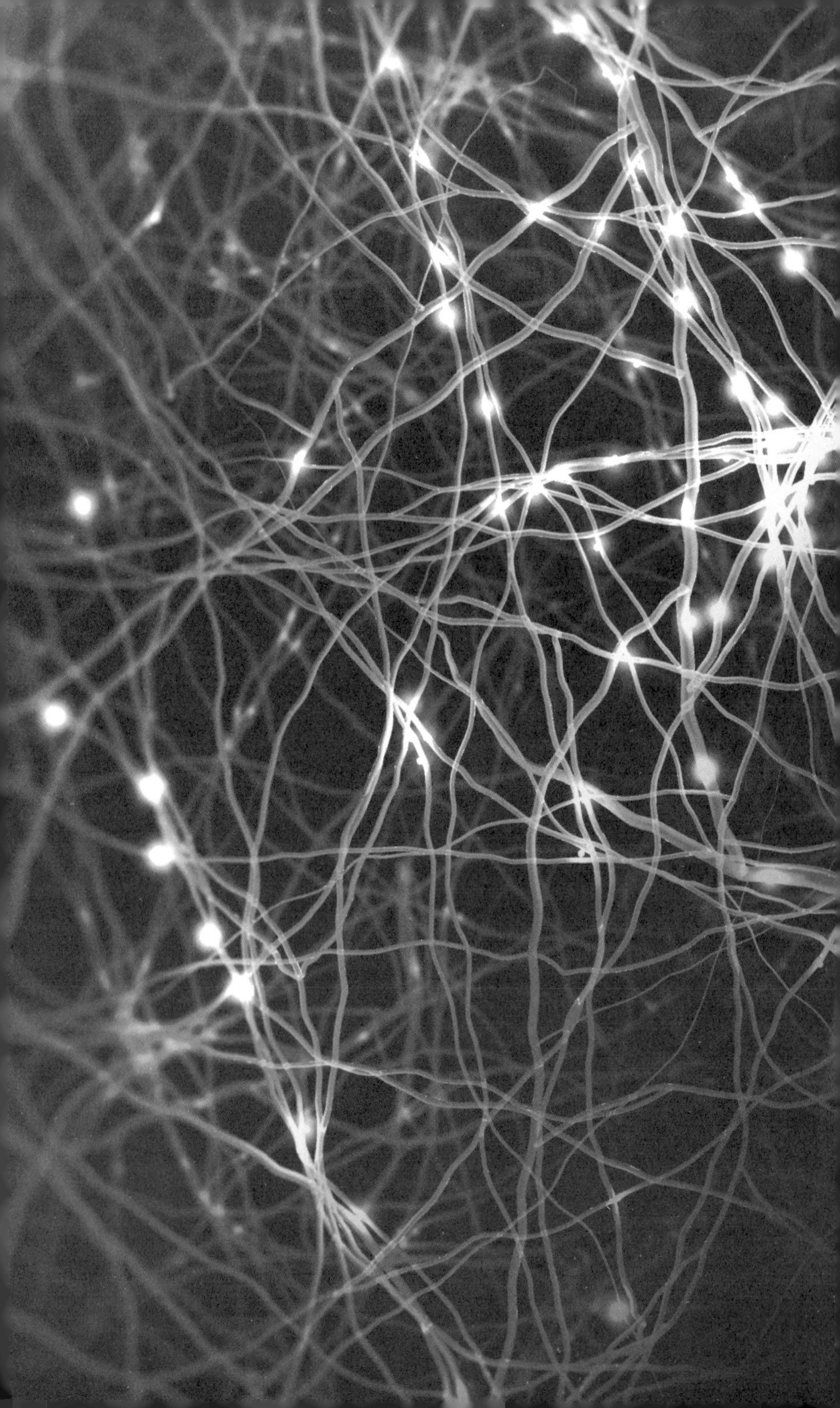

OCTAVIA E. BUTLER

O MESTRE

O PADRONISTA VOL. 4

TRADUÇÃO
HECI REGINA CANDIANI

MORROBRANCO
EDITORA

O Mestre

MORRO BRANCO é uma editora do Grupo Editorial Alta Books (Starlin Alta Editora e Consultoria Ltda.)

ISBN: 978-65-6099-009-8

Impresso no Brasil – 1ª Edição, 2024 – Edição revisada conforme o Acordo Ortográfico da Língua Portuguesa de 2009.

Dados Internacionais de Catalogação na Publicação (CIP)
(BENITEZ Catalogação Ass. Editorial, MS, Brasil)

B992m
1.ed. Butler, Octavia E., 1947-2006
O mestre : o padronista, vol. 4 / Octavia E. Butler ; tradução Heci Regina Candiani. - 1.ed. - Rio de Janeiro : Morro Branco, 2024.

Título original: Patternmaster.
ISBN 978-65-6099-009-8

1. Ficção científica norte-americana.
I. Candiani, Heci Regina. II. Título.

08-2024/108 CDD 813.0876

Índice para catálogo sistemático:
1. Ficção científica : Literatura norte-americana
813.0876

MORRO BRANCO é uma editora do Grupo Editorial Alta Books

Produção Editorial: Grupo Editorial Alta Books
Diretor Editorial: Anderson Vieira
Vendas Governamentais: Cristiane Mutüs
Gerência Comercial: Claudio Lima

Coordenadora Editorial: Illysabelle Trajano
Produtora Editorial: Luana Maura
Tradução: Heci Regina Candiani
Copidesque: Marina Constantino
Revisão: Andresa Vidal & Bárbara Waida
Diagramação: Vanessa S. Marine

ALTA BOOKS
GRUPO EDITORIAL

Rua Viúva Cláudio, 291 – Bairro Industrial do Jacaré
CEP: 20.970-031 – Rio de Janeiro (RJ)
Tels.: (21) 3278-8069 / 3278-8419
www.altabooks.com.br – altabooks@altabooks.com.br
Ouvidoria: ouvidoria@altabooks.com.br

Editora **afiliada à:**

PRÓLOGO

Naquela noite, Rayal estava com sua esposa principal, Jansee. Estava deitado ao lado dela em sua cama enorme, seguro, sendo ninado pela serenidade do Padrão que fluía até ele. Fazia mais de um ano que o Padrão estava pacífico. Um ano sem nenhum grande ataque clayarca em setor algum do Território Padronista. Um luxo. Rayal tinha vivenciado anos de luta suficientes para se contentar em relaxar e aproveitar a trégua. Só Jansee ainda conseguia encontrar motivo para descontentamento. Os filhos, como sempre.

— Acho que amanhã enviarei um silente para ver como estão as crianças — disse.

Rayal bocejou. Achava a preocupação que ela tinha com os filhos muito parecida com a de uma silente. Os dois meninos, um de doze e outro de dois anos, estudavam na escola do Setor Redhill, a 480 quilômetros de distância. Ela teria desobedecido ao costume e os mantido por perto, na escola de Forsyth, o setor onde nasceram, se ele tivesse permitido.

— Por que se dar ao trabalho? — perguntou Rayal. — Você está ligada a eles. Se estivessem com algum problema, você seria a primeira a perceber. Por que mandar um silente para descobrir o que já sabe?

— Porque poderei vê-los através da memória do silente depois que ele voltar. Não os vejo há mais de dois anos. Desde que o mais novo nasceu.

Rayal balançou a cabeça.

— Por que deseja vê-los?

— Não sei. Há algo... Não que esteja errado, mas... Não sei. — Ele conseguia sentir a inquietação dela influenciando o Padrão, perturbando sua vasta superfície entrelaçada. — Você vai deixar que eu envie um silente?

— Envie um forasteiro. Será mais apto a se defender caso os clayarcas o notem. — Depois disso, ele sorriu. — Você deveria ter mais filhos. Talvez assim se preocupasse menos com esses dois.

Ela estava acostumada com o deboche dele. Ele já lhe dissera coisas desse tipo antes. Mas daquela vez ela pareceu levá-lo a sério. Ele era capaz de sentir a atenção dela sobre ele, focada, ciente até mesmo do sorriso dele, ainda que não pudesse vê-lo no quarto escuro.

— Você quer que eu tenha filhos com um de seus forasteiros? — questionou ela.

Surpreso, ele se virou na direção dela, traçando mentalmente a solenidade presente em seu rosto. Ela estava comprando o blefe dele. Era um comportamento arriscado da parte dela.

— Com um assessor, talvez.

— O quê?

— Considere um assessor, ou pelo menos um aprendiz. Não um forasteiro.

— E qual... assessor ou aprendiz você tem em mente?

Ele se afastou dela, contrariado. Ela estava prolongando aquele absurdo para irritá-lo. Nenhuma outra mulher ousaria provocá-lo dessa maneira na Casa dele. Talvez, só para variar, ela também não devesse sair impune.

— Michael servirá — respondeu ele, em tom tranquilo.

— Mich... Rayal! — Ele saboreou a indignação na voz dela. Michael era um jovem aprendiz recém-saído da escola e quase dez anos mais novo do que Jansee.

— Você me pediu para escolher alguém. Escolhi o Michael.

Ela refletiu a respeito por algum tempo, depois recuou. Mas o orgulho não permitiria que recuasse muito.

— Um dia, quando você promover Michael a assessor e ele puder me ouvir sem constrangimento, vou contar a ele sobre isso. — Ela pousou a mão junto à face dele. — Então, marido, se ainda insistir em não me dar mais filhos, aceitarei sua decisão.

Aquilo, ele percebeu, era tanto uma promessa como uma ameaça. Ela falava sério. Ele lhe estendeu a mão, puxou-a para mais perto.

— Eu a recuso para seu próprio bem. Você se parece demais com uma mãe silente para ter mais filhos. Você se importa demais com o que se passa com eles.

— Eu me importo.

— E eles vão acabar se matando. Você é tão forte que mesmo o filho que tivesse com um homem mais fraco poderia competir com os nossos.

— Eles não *precisam* acabar se matando.

Ele desdenhou daquilo em pensamento.

— Não tive de matar dois irmãos e uma irmã para chegar onde estou? Não acha que pelo menos um dos nossos descendentes será tão obstinado a herdar o poder quanto eu? — Ele a sentia tentando se afastar e sabia que havia marcado um ponto. Ele a segurou no lugar. — Dois irmãos e uma irmã — repetiu. — E poderiam muito bem ter sido duas irmãs se minha irmã mais forte não tivesse sido sábia o suficiente para se aliar a mim e se tornar minha esposa principal.

Então ele a soltou, mas ela permaneceu imóvel. Sua tristeza causou uma vibração no Padrão, que refletia as emoções dela quase tão prontamente quanto as dele. Sem que ele cooperasse, porém, o Padrão não responderia ao controle dela. Foi com gentileza que se dirigiu a ela mais uma vez.

— Até nossos filhos competirão entre si. Será algo que você achará difícil de testemunhar, se acontecer durante a sua vida.

— Mas e quanto a seus outros descendentes? — disse ela. — Você teve tantos com outras esposas.

— E vou querer mais. Não tenho sua sensibilidade. Os meus descendentes que não competirem para me suceder vão passar a vida contribuindo para a força do povo.

Ela ficou em silêncio por um longo período, toda a sua consciência concentrada no rosto dele.

— Você realmente teria tentado me matar se eu o tivesse contrariado ou recusado?

— É claro. Você, sozinha, poderia ter se tornado uma ameaça para mim.

Houve mais silêncio. Em seguida:

— Você sabe por que me aliei a você em vez de competir?

— Sim. Agora eu sei.

Ela continuou como se não o tivesse ouvido.

— Odeio matar. Temos de matar clayarcas por uma questão de sobrevivência. Sou capaz de fazer isso. Mas não precisamos nos matar.

Rayal sacudiu o Padrão bruscamente e Jansee deu um salto, ofegante com a perturbação repentina. Em termos físicos, era algo comparável a um tapa indolor, mas assustador, no rosto.

— Entende? — falou ele. — Acabei de despertar milhares e milhares de padronistas sem empregar mais esforço do que alguém precisaria para estalar os dedos. Minha irmã-esposa, este é um poder pelo qual vale a pena matar.

Uma raiva imediata irradiou de Jansee. Ao imaginar os filhos brigando, sua mente se encheu de comentários amargos sobre o poder dele. Mas a inutilidade de verbalizá-los para ninguém mais, ninguém menos do que ele abalou sua raiva.

— Para mim, não — respondeu ela, soando triste —, e nem para os meus filhos, assim espero. Tomara que guardem a selvageria, o poder, para os clayarcas. — Fez uma pausa. — Você notou o grupo de silentes lá fora, em frente à Casa?

Ainda que parecesse, aquilo não era uma mudança de assunto. Ele sabia aonde ela queria chegar, mas deixou que prosseguisse.

— Sim.

— Percorreram um longo caminho — continuou ela.

— Pode deixá-los entrar, se quiser.

— Vou fazer isso depois, quando terminarem de rezar. — Ela balançou a cabeça. — Silentes Hajji. Tolos.

— Jansee...

— Eles vieram até aqui porque acham que você é um deus, e você nem se dá ao trabalho de permitir que entrem para escapar do frio.

— Eles recebem exatamente o que esperam de mim, Jansee. A garantia de saúde, longevidade e proteção contra abusos por parte de seus senhores. Fazer de sua gratidão uma religião foi ideia deles.

— Não é como se você se incomodasse — respondeu ela baixinho. — Poder. Na verdade, já que você mantém o Padrão, chega a ser uma espécie de deus para os padronistas, não é? Devo adorá-lo também, marido?

— Não é como se você fosse. — Ele sorriu. — Mas isso não importa. Existem momentos em que preciso de alguém que não tenha medo de mim por perto.

— Para que sua própria presunção não o destrua — disse ela com amargura.

Os clayarcas escolheram aquele momento para pôr fim ao ano de trégua. Com uma arma antiga de proporções enormes, eles se posicionaram em uma colina bem às vistas das luzes da Casa de Rayal. Tinham encontrado a arma no extremo sul do território que pertencia exclusivamente a eles. Com paciência e prudência raras, trabalharam com afinco na arma, limpando-a, estudando seu funcionamento, consertando-a, praticando com ela. Depois, arrastaram-na até a Casa do Mestre do Padrão, seu maior inimigo. Era improvável que fossem capazes de usá-la mais de uma vez. Portanto, só seria eficaz se pudessem usá-la contra Rayal.

Os vigias de Rayal os viram, mas, embalados pela paz e ignorantes sobre o canhão, não se importaram com clayarcas tão distantes. Logo, os clayarcas tiveram todo o tempo de que seus dedos desajeitados precisavam para carregar a arma enorme, apontar e disparar.

A pontaria deles era boa e eles tiveram muita sorte. O primeiro tiro atravessou a parede do apartamento particular do Mestre do Padrão, decapitando sua esposa principal e ferindo-o com tamanha severidade na cabeça e nos ombros que, durante minutos longos e cruciais, o Mestre do Padrão ocupou-se totalmente em salvar a própria vida. Apesar de todo o seu poder, permaneceu indefeso em seu leito. As pessoas da Casa ficaram surpresas o bastante, desorientadas o bastante, para dar aos clayarcas o tempo necessário para outro disparo. Mas a destruição enchera os clayarcas de entusiasmo. Eles abandonaram o canhão e desceram como um enxame para a Casa a fim de acabar com ela de modo mais satisfatório e pessoal.

1

O sol ainda não estava no céu há tempo suficiente para abrasar a umidade fria da manhã quando Teray e Iray deixaram o quarto do dormitório da Escola Redhill pela última vez.

Iray era pura ansiedade e apreensão, e suas emoções eram contagiantes. Teray havia se deixado enredar por elas. O ato de saírem juntos da escola não só reforçava sua condição de adultos, mas fazia deles marido e mulher. Teray havia esperado por quatro cansativos anos pela oportunidade de sair em segurança e começar a trabalhar no sonho de fundar a própria Casa.

Agora enfim caminhava com Iray em direção ao portão principal. Não houve cerimônia: nem para sua saída da escola, tampouco para o casamento. Apenas duas pessoas deram atenção à partida. Teray captou ambas em um dos dormitórios, uma garota padronista que era amiga de Iray e uma silente de meia-idade. Permaneciam juntas à janela do dormitório, olhando para Iray. A amiga guardava seus sentimentos para si, mas a silente irradiava tamanha mistura de tristeza e empolgação que Teray soube que ela e Iray deviam ter sido próximas.

Iray estava muito tomada pelas próprias emoções para ter consciência da dupla. Teray lhe mostrou uma breve imagem mental e ela se voltou, pesarosa, para dizer adeus.

Ele mesmo não enviou pensamentos de despedida. Havia anos que não interagia assim com silentes. O amadurecimento de sua força mental o tornava perigoso demais para eles. Por segurança, Teray mantinha com os silentes um relacionamento impessoal de senhor-servo. E fizera poucas amizades com professores e colegas. Eles também eram cautelosos em relação à força dele. Teray tinha sido uma autoridade na escola, mas, exceto por Iray, também fora muito solitário.

Do lado de fora do portão principal, ele e Iray encontraram os dois homens que os esperavam. O mais velho era de estatura mediana, forte e de constituição larga, um homem de evidente força física. O mais novo tinha uma estrutura mais parecida com a de Teray: era alto e magro. E provavelmente não era mais velho do que ele.

Joachim! O pensamento de Teray se dirigia ao mais velho. *Não esperava que viesse pessoalmente.*

O homem sorriu de leve e falou em voz alta:

— Não é sempre que recebo um aprendiz tão promissor. Não gostaria que nada lhe acontecesse no caminho até minha Casa.

Teray transmitiu surpresa: *Houve problemas, então? Quem foi atacado?*

— Coransee. E vocalize. Estou expandindo minha percepção ao máximo, caso os agressores ainda estejam na área.

— Coransee? — falou Teray, obediente. — Tão perto do centro do setor?

— E o mais poderoso entre nós. — O homem que acompanhava Joachim falou pela primeira vez. — Os agressores mataram dois forasteiros dele e sequestraram um silente.

— Espero que tenham matado o silente também — comentou Joachim. — Matado logo, quero dizer.

Teray concordou com a cabeça, compartilhando da esperança. Silentes que não eram torturados até a morte ou que não morriam da doença da *Arca de Clay* tornavam-se arqui-inimigos de seus antigos senhores.

— Acha que ainda existem clayarcas dentro do setor? — perguntou a Joachim.

— Sim. É por isso que trouxe Jer comigo. — Joachim indicou o companheiro com um gesto. — Ele é um de meus forasteiros mais fortes.

Teray analisou Jer com interesse, perguntando-se como a força do homem se comparava à sua. Por meio do Padrão, Teray já havia percebido que Jer era forte. Mas quanto? Não era possível determinar ao certo guiando-se apenas pelo Padrão. Mas não havia dúvida de que Joachim sabia. Provavelmente testara

Jer com a mesma minúcia com que testara Teray. E, depois do teste, ele fez de Jer um forasteiro e aceitou Teray como aprendiz.

A voz de Iray arrancou Teray de seus pensamentos.

— Mas, Joachim, já que você e Jer estão aqui, sua Casa não corre perigo?

Joachim a olhou e a expressão sombria dele suavizou-se.

— Provavelmente, não. Os clayarcas conhecem minha reputação. Em minha Casa, estamos todos ligados. Minha esposa principal consegue extrair força de todos ali para se defender. Se os clayarcas atacarem um dos meus, todos os outros ficam sabendo e reagem. Os clayarcas não se arriscariam a atacá-los sem um exército, e não acho que eles tenham conseguido trazer um exército para dentro do setor.

— Teríamos mais perdas do que as Casas maiores — afirmou Jer —, porque não temos a força delas. Mas nelas as pessoas lutam como indivíduos, e nós lutamos como um só. Nelas as pessoas sempre deixam alguns clayarcas passarem despercebidos e escaparem. Nós matamos todos.

Teray notou o orgulho na voz do homem e se perguntou como Joachim poderia inspirar orgulho mesmo em um forasteiro. Mas a atitude de Teray em relação à condição de forasteiro era, ele sabia, influenciada por seu desejo de nunca a ocupar. Era a posição de um servo, inferior por definição. O melhor que poderia ocorrer a um forasteiro era encontrar um Preceptor como Joachim, a quem pudesse respeitar e servir com certo semblante de orgulho. O pior destino era a escravização.

Os cavalos esperavam por eles em um bosque a alguns passos de distância, e Teray percebeu que Iray percorreu a distância ao lado de Joachim. Ela, que momentos antes estivera tão animada em deixar a escola com Teray. É bem verdade que conhecera Joachim primeiro. O Preceptor a auxiliara quando ela fez a difícil transição da infância para a idade adulta e se tornou integrante do Padrão. Ela provavelmente acabaria na Casa dele como uma de suas esposas se não tivesse conhecido

Teray. Naquele instante, Teray os observava com desconfiança. Ele passaria pelo menos dois anos com Joachim, em aprendizado preparatório para fundar a própria Casa. Seria bom que não perdesse a esposa no processo.

Ele se aproximou de Iray quando chegaram perto dos cavalos. Tocou a mente dela com delicadeza, em um lembrete de uma só palavra, ocultada com cuidado de Joachim e Jer: *Esposa!*

A cautela de Teray lhe passou batido. Iray sintonizou o pensamento dele com a displicência de uma criança feliz e ampliou-o ao volume de um grito mental, ao qual adicionou, entusiasmada: *Marido!*

Uma proclamação. Joachim e Jer dificilmente poderiam deixar de percebê-la. Teray pôde sentir o divertimento deles quase com a mesma intensidade com que sentia o próprio constrangimento. Mas ao menos ela disse o que ele queria saber. E, felizmente, não entendeu completamente o que ele quis dizer. É claro que havia um vínculo entre Iray e Joachim. Mas nada mais era do que o vínculo entre um homem e uma mulher que ele tivesse auxiliado. Afeição. Nada mais.

Teray procurou uma maneira de acabar com o silêncio e voltar a atenção de Joachim e Jer para outra coisa. Foi então que reparou no cavalo que Joachim havia montado. Era um cavalo de exposição, é claro, assim como os outros três. Todos foram criados e treinados com o mesmo cuidado que a maioria dos silentes. Faziam parte de um projeto que Joachim havia levado a cabo, mais por diversão do que por lucro. Mas aquele que Joachim montava tinha algo de especial.

— Joachim, seu cavalo...

O Preceptor sorriu.

— Eu me perguntava quando Iray o deixaria perceber.

Teray deixou sua curiosidade ser sentida em parte porque estava de fato curioso, mas também porque estava aliviado por Joachim também ignorar seu ciúme tolo. Mas o cavalo...

— Você não tem nenhum controle mental sobre ele?

— Nenhum — confirmou Joachim.

Com cuidado, Teray sentiu o garanhão. Com cuidado porque animais, assim como silentes, podiam acabar machucados com facilidade, ser mortos com facilidade. E, além disso, animais descontrolados atingem inconscientemente as mentes padronistas intrusas com quaisquer emoções que sintam. Mas Teray assimilava apenas calma vinda do cavalo. Uma calma incomum.

— Um experimento meu — explicou Joachim. — Este cavalo não precisa de mais controle do que um silente comum. Na verdade, foi programado como se programa a um silente. E, uma vez feita a programação, os clayarcas poderiam disparar um canhão perto dele e ela seria mantida. Não seria necessário perder tempo controlando o cavalo no momento em que deveria dar toda a sua atenção aos clayarcas. — Joachim sorriu. — Conto mais a respeito quando chegarmos em casa.

Teray assentiu. Casa. Joachim não tinha ideia de como aquela palavra soava bem. A escola fora a casa de Teray por tempo demais. Ele havia feito sua transição para a idade adulta quase quatro anos antes. E, mesmo naquela época, já não havia muito que os professores pudessem lhe ensinar. No entanto, ele permaneceu ali, aprendendo o possível sobre suas habilidades por conta própria, recebendo ajuda ocasional de algum Preceptor de uma Casa visitante, aguardando e alimentando a esperança de que um Preceptor o aceitasse como aprendiz.

Vários se ofereceram para aceitá-lo como forasteiro. Se ele não estivesse mais sob a proteção da escola, alguns deles poderiam ter ficado tentados a levá-lo à força. Sem dúvida, isso agora seria uma possibilidade, enquanto permanecesse jovem e não qualificado. E se o levassem agora, poderiam evitar que Teray aprendesse as habilidades que talvez o tornasse um perigo para eles. Mas ninguém queria se arriscar a aceitá-lo como aprendiz. Um forasteiro era permanentemente inferior. Um aprendiz era potencialmente um superior. Um aprendiz era o jovem potro vagando às margens da manada, aguardando até poder matar o velho garanhão e assumir a liderança. Ou pelo menos era isso que os Preceptores que ele havia conhecido pareciam pensar.

Dizia muito sobre Joachim o fato de não ter tido medo. Na verdade, quando Iray o apresentou a Joachim, o Preceptor chegou a mencionar a possibilidade de um aprendizado antes mesmo de Teray julgar ser sensato tocar no assunto. Era necessário ser um homem confiante e poderoso para aceitar um aprendiz com o potencial de Teray. Mas Joachim tinha a confiança e o poder necessários, e agora, enfim, Teray estava indo para casa.

Joachim havia assumido a dianteira com Jer. Agora, dirigia-se para a retaguarda:

— Vamos ter de parar na Casa de Coransee primeiro. Ele quer me ver, provavelmente para conseguir minha ajuda no problema com os clayarcas.

Iray prendeu a respiração de modo enfático.

— Visitar Coransee! Joachim, ele é seu amigo? Um Senhor tão poderoso. — Ela passava quase metade do tempo sendo infantil.

Houve uma pausa antes de Joachim responder, e em seguida:

— Eu o conheço. — Soou quase amargo. — Não somos amigos, mas eu o conheço.

Sendo o Preceptor mais forte do setor, Coransee era um tipo de líder local não oficial. Isso fazia dele uma celebridade para pessoas como Iray. Teray tinha ouvido falar dele com admiração e inveja, mas nunca com amargura. Mas Teray estivera trancafiado na escola, e as pessoas tomavam cuidado com o que diziam na frente de estudantes. Bem, ele não estava mais na escola. Seria melhor que soubesse mais sobre o Preceptor que estava prestes a visitar.

— Joachim? — chamou ele.

Joachim recuou para cavalgar ao lado de Teray, deixando Jer na liderança. *É melhor usar "Senhor Joachim", Teray. Pelo resto do dia. E, sem dúvida, "Senhor Coransee". Ele valoriza a formalidade.*

Teray aceitou, interessado. Era a primeira comunicação não vocal que tivera com Joachim naquela manhã, e foi não vocal apenas para enfatizar a sua seriedade. Era uma ordem e um aviso.

Joachim seguiu em frente, e Teray percebeu que ele também estava entrando em contato com Iray. *Esperem até ser apresentados a ele por mim e por Jer, depois se afastem em meio às mulheres e os forasteiros dele.*

— Joachim, o que há? — perguntou Iray.

Joachim a olhou em silêncio, até que ela se corrigiu.

— Senhor Joachim.

— Política setorial — explicou ele em voz alta. — Nada mais. — E retomou seu lugar ao lado de Jer.

Teray o observou, refletindo sobre sua súbita reticência. Agora Teray tinha mais perguntas do que nunca. Mas o silêncio de Joachim era conclusivo. Não encorajava perguntas.

Por volta de meio-dia, chegaram à Casa de Coransee. Era uma mansão de quatro andares, acolunada, antiga, ornamentada, cercada por terrenos bem ajardinados e ladeada por edículas. Fora construída em uma colina e era visível a quilômetros de distância. Teray conseguia compreender por que era motivo da inveja de muitos Senhores menos importantes e por que, muitos anos antes, Coransee havia se arriscado a duelar por ela, tendo de matar a mulher poderosa que a possuiu por mais de duas décadas. Na escola, Teray vira fotografias de palácios antigos que provavelmente eram menores. Ele contemplou as terras de Coransee, vendo as forragens laterais e os cavalos que pastavam com o gado. Coransee fornecia a maior parte da carne e dos animais de montaria do setor. A manada que Joachim mantinha nunca passou de um passatempo.

Dois silentes saíram correndo de uma das edículas para cumprimentar educadamente os quatro recém-chegados e recolher os cavalos. Enquanto Joachim se dirigia para a Casa, ele avisou Teray e Iray mais uma vez:

— Vocês dois se lembram do que eu disse. Juntem-se a uma mulher, um forasteiro ou até mesmo um silente e saiam logo do caminho. Vou tornar isso o mais fácil possível para vocês.

Teray assentiu e Joachim os conduziu para dentro.

Havia várias mulheres e forasteiros sentados e em pé junto à lareira do enorme salão comum em que Teray se encontrava. Antes que ele pudesse discernir o que estavam fazendo, um deles enviou a informação em pensamento: *Ele sabe que estão aqui. Já está vindo.*

Joachim atestou a captação da mensagem com um agradecimento e sentou-se. Os outros seguiram seu exemplo. A espera não foi longa.

A atmosfera da sala mudou e tornou-se tensa à entrada de Coransee. O Preceptor da Casa irradiava poder à maneira de um homem não apenas confiante, mas arrogante. Um homem que queria que as pessoas o admirassem. Um homem de quem Teray desgostou instantaneamente. O Padrão dizia a Teray que ele e Coransee tinham temperamentos incompatíveis. Podia-se dizer que estavam bem distanciados dentro do Padrão. A razão da distância podia ser a grande dissimilaridade temperamental ou uma similaridade perigosa, tendências semelhantes para desonestidade ou ganância, por exemplo. Fosse o que fosse, Teray e Coransee estavam definitiva e completamente separados.

Os quatro visitantes levantaram-se quando o Preceptor da Casa entrou. Coransee era um homem grande, alto, musculoso, mas sem o aspecto pesado e atarracado de Joachim. Ao notar que tinha os olhos fixos no rosto comprido e inexpressivo de Coransee, Teray teve uma sensação que o perturbou porque desapareceu antes que ele pudesse reconhecê-la. Demorou um instante para perceber que Coransee o encarava da mesma maneira. Mas Coransee demorou mais para encobrir a reação.

Teray teve tempo de refletir se o que vira nos olhos do Preceptor da Casa, e por um instante em sua mente, era reconhecimento. Mas o que quer que fosse, rapidamente se transformou em perplexidade. Logo a blindagem de Coransee se pôs no lugar e Teray não captou mais nada. Por reflexo, Teray levantou a sua própria, mas, por trás dela, continuou refletindo.

De repente, como se estivesse atacando, Coransee usou sua enorme força mental contra a blindagem de Teray. Ele pretendia rompê-la. Não havia dúvida quanto a isso. Ao que parecia, algo nos pensamentos de Teray lhe chamara a atenção. Quis dar outra olhada, mas não conseguiu: a blindagem de Teray o impediu. Antes que Teray pudesse reagir ao ataque não provocado, Joachim manifestou-se, irritado.

— Coransee! Meu aprendiz é um convidado em sua Casa. Ele não o ofendeu. Qual é o problema?

Por um instante, Coransee fixou nele os olhos cheios de uma raiva fria, como se ele fosse um intruso inoportuno interferindo em uma conversa particular.

— Problema nenhum — respondeu Coransee, enfim. — Seu aprendiz é um jovem muito capaz. Acho que já o vi antes, talvez em uma de minhas visitas à escola.

Joachim não deu a Teray oportunidade para contradizer aquilo.

— Talvez tenha — disse. — Embora não consiga ver por que isso seria motivo para atacá-lo agora. — Joachim respirou fundo e se acalmou. — O nome dele é Teray. Esses são a esposa dele, Iray, e meu forasteiro, Jer.

Coransee assentiu, inspecionando as três pessoas apresentadas imediatamente. Mas sua atenção se concentrou em Teray.

— Teray — repetiu, pronunciando a palavra com uma atitude reflexiva. — Como você foi escolher um nome terminado em "ray", garoto?

O "garoto" o incomodou, mas Teray fingiu ignorar aquilo.

— Disseram-me que sou um dos filhos de Rayal, o Mestre do Padrão — respondeu. Seu nome já havia atraído atenção antes, mas Teray lutou por ele e conquistou o direito de mantê-lo enquanto ainda estava na escola.

— Rayal? — Coransee ergueu a sobrancelha. — Os filhos de Rayal devem chegar às centenas agora. Mas você é o primeiro que encontro que se considerou digno de assumir o nome do pai.

Teray encolheu os ombros.

— Um adulto é livre para usar qualquer nome. Escolhi adotar o mesmo do meu pai.

— E fez com que sua esposa também o adotasse, pelo que vejo.

— Não, Senhor. Ela me procurou de espontânea vontade e escolheu o próprio nome.

— É mesmo? — A atenção de Coransee pareceu desviar-se. Ele relaxou um pouco, abrandando sua blindagem total para um anteparo forte, mais confortável. Por um instante, houve uma centelha tão próxima da superfície de seus pensamentos que Teray quase a captou. Conseguiria se tivesse ousado ser óbvio em sua sondagem. Mas deixou-a passar. De modo brusco, Coransee mudou de assunto.

— Joachim, tenho um artista para você.

A mudança repentina obviamente surpreendeu tanto Joachim como Teray. Mas Joachim entusiasmou-se com cautela.

— Um artista? Circulei pelo setor em busca de um dos bons para trabalhar com alguns dos meus forasteiros.

— Eu sei. — Pela primeira vez, Coransee sorriu. — E este é especial. Sensível. Uma sensibilidade fantástica.

Joachim começou a se render, mesmo com seu entusiasmo cauteloso.

— Quando são muito sensíveis, geralmente se revelam mais do que só um pouquinho loucos. Não têm controle suficiente sobre sua capacidade de assimilar de maneira seletiva.

— Ah, esse garoto tem todo o controle necessário. Capta imagens latentes de qualquer criatura: padronistas, silentes, animais, até mesmo clayarcas. Quantos artistas conhece que conseguem ler a história da vida de um clayarca ao segurar uma pedra tocada por um deles?

— Clayarcas?

— Faça o teste.

— Nunca tive um artista que conseguisse captar imagens de clayarcas. Chame-o.

Coransee virou-se para o grupo de mulheres e forasteiros perto da lareira e gritou:

— Laro!

Um dos forasteiros do grupo levantou-se imediatamente e foi até Coransee. Ele era jovem, provavelmente apenas alguns anos mais velho que Teray. Baixo e de ossatura pequena, movia-se com uma leveza rápida e fluida. O Padrão o denunciou como um homem de pouca força mental. Por mais competente que fosse em sua arte, talvez nunca chegasse a ser mais do que um mero forasteiro. Se tivesse sorte, seu talento lhe daria um lugar confortável em uma Casa, imperturbado pelo espírito competitivo que impelia as pessoas mais fortes a quererem fundar suas próprias Casas. Se tivesse azar e compartilhasse desse espírito, logo estaria morto.

Coransee apresentou o artista.

— Laro, estes são o Senhor Joachim e alguns membros de sua Casa. O povo dele é de artistas e artesãos.

Laro abaixou a cabeça e falou respeitosamente.

— Senhor. — Teray percebeu que ele estava perto de Joachim no Padrão. Isso significava que Joachim provavelmente o compraria. O povo de Joachim conseguia se transformar em uma máquina de combate mortal que os clayarcas evitavam, pois Joachim escolhia cada pessoa com muito cuidado. Não as escolhia apenas por sua habilidade e sua força, mas também por sua compatibilidade no Padrão. O Padrão era uma vasta rede de conexões mentais que unia cada padronista ao Mestre. Seu maior propósito era dar ao Mestre do Padrão a força de que ele precisava, uma força absorvida através dos elos dos padronistas, para combater ataques clayarcas em grande escala. Na verdade, porém, o Padrão era mais frequentemente usado como Joachim o usava, como Teray o usava agora. Para avaliar, em linhas gerais, a força mental de outros padronistas e, de maneira mais precisa, avaliar sua compatibilidade.

Teray voltou a atenção para os dois Preceptores e percebeu que Coransee estava listando as realizações do artista, sem dúvida para fazer o jovem parecer o mais interessante possível antes de começarem a conversar sobre valores. Nenhum dos Preceptores estava prestando atenção nele, e Teray não tinha interesse na negociação que estava por vir. Tocou Iray com sutileza e começou a se dirigir em direção ao grupo de onde Laro viera. Iray, evidentemente se lembrando das instruções de Joachim, começou a segui-lo. Coransee os deteve.

— Teray, Iray, esperem. — Ele sorriu de novo. Tinha um sorriso aberto e amigável que lhe inspiraria confiança se viesse de outra pessoa. — Observem o trabalho de Laro conosco. — Uma ordem disfarçada de convite.

Surpreendidos, Teray e Iray retornaram devagar e sentaram-se. Teray observou o artista passar por ele e atravessar o salão imenso em direção ao grupo de mulheres e forasteiros que acabara de deixar. Do meio deles tirou três estatuetas de cerâmica e uma pintura pequena. Teray então percebeu por que o grupo parecia tão absorto. O artista os estava entretendo. Agora, cabia ao grupo de Joachim examinar o trabalho.

Laro entregou a pintura a Joachim. As estatuetas foram para Teray, Iray e Jer. De início, Teray pensou que se tratava de um animal selvagem. Só quando a segurou percebeu que o corpo musculoso, de quatro patas, tinha uma cabeça humana. A coisa era um clayarca.

Teray fitou-a com interesse. Vira fotos de clayarcas na escola, mas nada tão realista como aquilo. Quase podia sentir o calor e a textura de carne em suas mãos.

Ele as entrelaçou em volta da estatueta, fechou os olhos e abriu a mente para qualquer que fosse a experiência que o aguardasse. Esperava um choque. Havia se preparado para isso, mas não o bastante.

De modo abrupto, surpreendente, Teray tornou-se o clayarca. Não houve tempo para antecipação, nem desorientação. Ele se sentiu tomado e possuído pela "consciência" implantada pelo artista na estatueta. Felizmente, quando Teray se recuperou o suficiente para lutar, também já havia se recuperado o suficiente para saber que não deveria resistir. Ele ainda era o clayarca.

Estava em uma caverna iluminada por tochas nas montanhas a leste de Redhill. Podia ver as paredes ásperas de rocha acinzentada e o fogo das tochas. Era membro de um clã de armas. Seu povo fazia os rifles com os quais outros clayarcas caçavam animais para comer e combatiam os padronistas. Agora, porém, sua mente não estava voltada para a fabricação de armas. Ele havia sido desafiado.

A mulher jovem e elegante que se destacava dos outros espectadores, observando e mantendo a cabeça ereta: ela era dele. Era filha do irmão de sua mãe e há muito lhe fora prometida. Só ele tinha direito a ela. Não o outro, aquele cachorro de focinho comprido e queixo duplo. O outro, o desafiante, era grande tanto pela gordura quanto pelos músculos. Anos manuseando grandes cargas de metal o tornaram bastante forte. E anos enchendo a barriga como um porco o tornaram lento e desajeitado. O clayarca que era Teray se lançou sobre ele com selvageria.

Como clayarca, Teray mordia e socava com as mãos — ou patas dianteiras — muito calejadas. Ele agarrava, dilacerava, golpeava, saltando o tempo todo com rapidez e agilidade de forma que seu oponente não conseguia igualar. Todo o poder de seu oponente estava em seus braços enormes. Ou patas dianteiras. Enquanto o clayarca Teray conseguisse evitar aqueles braços, estaria seguro.

Mas o clayarca Teray tropeçou e quase caiu sobre uma pedra solta ao se esquivar de um dos golpes desajeitados do oponente. Sua mão se fechou em torno da rocha conforme se afastava de um salto.

Ele girou e atacou de novo. Dessa vez, recuou sobre as patas traseiras, que eram mais felinas do que humanas. Quando seu oponente se ergueu, ávido para finalmente colocar as mãos sobre ele, Teray arremeteu a rocha na lateral da cabeça da criatura. Então recuou, triunfante, e observou até que seu oponente morresse.

Teray abriu os olhos e fixou-os na pequena estatueta em suas mãos. Podia ver, agora ainda mais claramente, sua beleza, sua perfeição. Como é que os clayarcas se autodenominavam? Esfinges. Criaturas da mitologia antiga, com corpo de leão e cabeça humana. A descrição não era de fato fiel. O clayarcas eram desprovidos de pelos e de cauda. Mas eram muito mais esfinges, criaturas ao menos parcialmente humanas, do que animais, como Teray sempre os considerara.

E os forasteiros também não eram necessariamente pessoas tão inferiores como Teray costumava considerá-los. O artista Laro tinha feito algo que nem o próprio Rayal poderia ter feito. Nenhum padronista podia ler a mente de um clayarca diretamente. A doença transmitida pelos clayarcas dava a eles pelo menos essa proteção contra seus inimigos padronistas. E apenas o mais sensível dos artistas conseguiria extrair impressões latentes dos objetos tocados pelos clayarcas. Laro não só as trazia à tona como as refinava, as ampliava e as implantava em suas estatuetas e pinturas. Teray chamou a atenção do artista e transmitiu a ele uma apreciação silenciosa. Laro sorriu.

As experiências de Jer e Iray terminaram ao mesmo tempo que a de Teray. Agora, todos os três esperavam Joachim acabar de observar a pintura em silêncio. Nenhum sinal do que estava vivenciando transparecia em seu rosto, mas todos viam que ele estava completamente absorto na pintura. Enfim, o espetáculo de Joachim acabou e ele ergueu os olhos.

Deixou a pintura de lado e virou-se para Coransee, mal disfarçando a ansiedade.

— O que você quer por ele?

Instantes depois, no escritório de Coransee, Teray, Joachim, Laro e o próprio Coransee estavam sentados, à espera de que Coransee dissesse seu preço. Joachim tinha tentado mandar Teray se entreter com outros trabalhos de Laro, mas Coransee insistiu que ele participasse da negociação.

— Ele é um aprendiz — argumentara. — Pode muito bem começar a aprender desde já. — E em seguida, sobre a transação: — Joachim, tive que negociar Laro com outro setor. Ele é um achado raro, e eu pretendia mantê-lo. Ele não está próximo a mim nem a muitas pessoas do meu povo no Padrão, mas isso não é tão importante para mim quanto é para você. No entanto, o trocarei com você, caso ele concorde com a troca.

Laro falou logo em seguida.

— Eu concordo, Senhor. Estou contente aqui. Não tenho a intenção de ofendê-lo. Mas o Senhor Joachim e seu povo parecem muito mais próximos de mim no Padrão.

Coransee assentiu.

— Foi o que pensei. Negociemos, então, Joachim.

Joachim recostou-se na cadeira.

— Como lhe perguntei antes, o que quer por ele?

— Troco-o por força, como sempre — respondeu Coransee. — O sucesso do último ataque clayarca evidencia que não tenho o suficiente.

— Se você estivesse negociando com qualquer outra pessoa, eu o aconselharia a negociar por compatibilidade dentro do Padrão — argumentou Joachim. — Com mais compatibilidade, nenhum dos clayarcas que o atacaram estaria vivo e oferecendo perigo. Mas está negociando comigo, e não tenho ninguém que esteja perto de você no Padrão.

— Estaria disposto a trocar Jer, o forasteiro que você trouxe consigo? — perguntou Coransee. Teray franziu a testa. Ao que lhe parecia, o Preceptor da Casa estava sendo menos sério do que deveria. A sensação de Teray era de que Coransee não tinha nenhum interesse em Jer.

— Jer é jovem — afirmou Joachim, deixando-se levar. — Só passou pela transição há dois anos. Mas tem a força que você busca.

— Você trocaria Jer? — perguntou Coransee, brandamente.

— Se você o quisesse.

— Não quero, é óbvio.

— Não.

— Só estava pensando. Você às vezes é sentimental em relação a seu povo. Mas você quer esse artista. Consigo perceber. Você só não trocaria sua esposa principal por ele.

Joachim pareceu incomodado. Coransee estava brincando com ele. Exibindo o artista diante de seus olhos de modo tentador, mas recusando-se a mencionar um preço. E fazendo tudo isso de uma maneira ligeiramente insultante.

— Coransee, pela terceira vez, pode me dizer o que quer em troca?

— Certamente — disse Coransee. — Certamente. Ofereço Laro em troca de Teray.

As palavras foram ditas com tanta naturalidade que Joachim pareceu levar um instante para digeri-las. O mais provável, porém, é que Joachim tenha usado seu momento de "silêncio surpreso" para pensar em uma negativa que não encerrasse a negociação.

Teray olhou de um homem para o outro. Soube o que Coransee iria dizer apenas um instante antes que o dissesse. Joachim provavelmente também sabia. Coransee tinha ficado um tanto ansioso, não ocultara seus pensamentos com o devido cuidado. Em seu descuido, permitiu que Teray descobrisse outra coisa, uma coisa que, de certa maneira, explicava em parte por que queria tanto Teray a ponto de trocá-lo por um talento como o de Laro. Um talento que certamente lhe custara várias pessoas de seu povo.

Mas talvez isso não importasse. Joachim já estava recusando a oferta.

— Coransee, eu lhe expliquei que este homem é um aprendiz, não um forasteiro. Ele não é minha propriedade. Na verdade, como aprendiz, ainda está sob a proteção da escola. Não posso negociá-lo legalmente.

— E não faria isso mesmo que pudesse. — Coransee falou de modo indolente, como se tivesse obtido a resposta que esperava e isso fosse apenas outro jogo. — Sejamos realistas, Joachim. Você quer meu artista, eu preciso de seu aprendiz. Laro está muito mais próximo de você no Padrão do que Teray. E, com lei ou sem lei, Teray não teria o poder de discordar se você o trocasse.

Surpreendentemente, Joachim pareceu reconsiderar por um momento. Observando-o, Teray sentiu o medo surgir. Esperara tanto tempo para evitar ser considerado um forasteiro. Se, agora, em seu primeiro dia longe da escola, toda a sua espera se revelasse vã...

— Você falava de força — Joachim dizia. — Agora que os clayarcas encontraram uma maneira de entrar no setor sem serem detectados, precisarei da força de Teray.

— Para quê? Esse seu Padrão em miniatura exterminaria todos os clayarcas que não tivessem ouvido falar do desperdício de tempo e de vidas que é atacá-lo.

— Mesmo um Padrão em miniatura sempre pode fazer uso de força adicional.

— Eu protejo a escola — disse Coransee. — Preciso dos forasteiros mais fortes que puder conseguir para o bem dela.

Joachim emitiu um ruído de repulsa.

— Você nem mesmo espera que eu acredite nisso. O que há, de verdade, Coransee? Por que quer tanto meu aprendiz?

— Talvez porque ele também seja um dos filhos do Mestre Rayal? — Teray falou pela primeira vez. — Um dos meus muitos irmãos? — Suas perguntas não eram realmente perguntas, mas ele olhou para Coransee como se esperasse uma resposta.

Por um instante, Coransee fixou nele um olhar inexpressivo. Depois sorriu sem alegria e falou com Joachim.

— Viu? Ele já provou sua utilidade para mim. Fui descuidado com minha blindagem, e ele imediatamente me lembrou disso. — E, dirigindo-se a Teray: — O que mais descobriu… irmão?

A essa altura, Teray já sabia que havia cometido um erro. Deveria ter mantido suas descobertas para si, assim como a força e a discrição de sua sondagem. Mas agora era tarde demais. Nenhuma mentira passaria despercebida agora que Coransee estava alerta.

— Apenas sua determinação em fazer de mim seu forasteiro, Senhor.

— E como se sente em relação a essa determinação?

Talvez tenha sido o tom condescendente na voz de Coransee, como o que um adulto usaria com uma criança, que fez Teray abafar os avisos urgentes que Joachim lhe enviava e responder a seu próprio modo.

— A escravização nunca me atraiu, Senhor.

Havia mais dureza na voz de Coransee.

— Então, você considera os forasteiros como escravizados. E, é óbvio, nunca se tornaria um escravizado voluntariamente, não é?

Teray! Joachim enfim conseguiu fazer com que seu pensamento fosse sentido. *Fique fora disso! Você não sabe o que está fazendo. Quanto mais você se opuser a ele, menos chances teremos.*

Não vou me tornar um forasteiro dele, Joachim. Teray criou um anteparo intenso, protegendo o pensamento de ser interceptado por Coransee.

Vai, sim, se não parar de falar e me deixar cuidar disso. Tenho o resto do dia para convencê-lo do contrário.

Ele não será dissuadido. Ele já se decidiu. Vou ter de enfrentá-lo mais cedo ou mais tarde, aconteça o que acontecer.

Se for imprudente o bastante para atacá-lo, Teray, eu mesmo o ajudarei a lutar contra você. Agora, fique calado e torne-se invisível como Laro!

A intensidade da raiva de Joachim atingiu Teray. Ele não tinha dúvidas de que aquele Preceptor falava sério. O diálogo transcorreu em apenas alguns segundos, por isso a pausa na conversa com Coransee não foi maior do que as últimas perguntas de Coransee mereciam. Teray ainda precisava responder àquela pergunta e fazê-lo de modo que não aprofundasse seu envolvimento. De algum jeito. Estava prestes a falar quando Joachim tirou o assunto de suas mãos.

— Você está negociando comigo, Coransee, ou com meu aprendiz? — perguntou, irritado.

Coransee virou-se lentamente para Joachim. Teray ficou surpreso com o alívio que sentiu quando o homem desviou os olhos dele.

— Você não acha que o garoto teria algo a dizer sobre a questão? — questionou Coransee.

— Você que está dizendo. — Joachim enunciou as palavras tanto no nível vocal como no mental para dar ênfase. — Ele terá que aceitar o que decidirmos. Ele nem deveria estar aqui. Assim como o artista.

— Certo — concordou Coransee. Teray se perguntava, tomado por um medo renovado, como Joachim se sentia por ter suas palavras mais sérias retrucadas com nada além de um ligeiro divertimento. — Mas o garoto está certo, sabe? Mais cedo ou mais tarde ele terá de me enfrentar.

Teray não disse nada, nem sequer enviou um pensamento de despedida ao sair do escritório. A escuta eventual e não detectada de sua conversa com Joachim por Coransee não passava de uma represália a sua bisbilhotice anterior. Mas aquilo o irritou. Ninguém deveria ser capaz de ultrapassar despercebido seu anteparo com tamanha facilidade. Fora descuidado. Isso não voltaria a acontecer.

Localizou Iray o mais rápido que pôde, depois conseguiu encontrar um canto privado onde pudesse lhe contar o que tinha acontecido.

Ela o ouviu, arregalando os olhos de incredulidade enquanto ele falava. Depois, antes que ela pudesse responder, um silente os interrompeu oferecendo refrescos e comida... Ele era incapaz de recordar outra vez em que ela fora rude com um silente.

— Cai fora! Nos deixe em paz! — *Teray, o que você está dizendo?*

— Fale em voz alta — pediu. — E crie um anteparo. Isso logo vai se espalhar por todo o lugar.

Mas Joachim não...

— Iray!

Ela mudou no meio da frase.

— ... o trocaria. Ele não faria isso. Ele precisa de você. Você é o homem mais forte que ele já conseguiu para integrar a Casa dele

— Eu não disse que ele vai me trocar. Disse que Coransee quer que ele faça isso.

— Mas por quê?

— Não sei. — Teray franziu a testa. — Ele descobriu que é meu irmão, meio-irmão, provavelmente. Tem algo a ver com isso.

— Que diferença isso faria?

— Estou lhe dizendo que não sei.

— Deve ser outra coisa. Talvez ele precise mesmo da sua força agora que os clayarcas o estão atacando.

— Ele pode usar minha força. Mas não precisa dela de verdade. Nem esperava que acreditássemos nele quando disse aquilo.

— Talvez só queira fazer algo contra Joachim, se vingar dele por algum motivo. — Ela sacudiu a cabeça com raiva, com amargura. — Talvez ele simplesmente goste de ser um filho de uma puta clayarca! — Encostou-se nele, irradiando sua raiva. — Joachim não vai deixar isso acontecer. Ele devia estar esperando algum tipo de problema, pelo jeito como ficou nos alertando. Mas podemos contar com ele.

— Espero que sim. Mas aconteceu uma coisa... No fim, quando me fez sair, ele ameaçou ajudar Coransee a lutar contra mim se eu o atacasse.

— Ele estava com raiva. Não falou sério.

— Não há dúvida de que estava com raiva. Mas falou sério. Ele faria isso.

Ela abriu a boca para protestar outra vez, para defender Joachim. Depois, fechou-a e abaixou a cabeça.

— Isso não pode acontecer, Teray. — Ela pareceu se render ao medo que vinha mantendo sob controle por meio da raiva. Encolheu-se contra ele, trêmula. — Não vê o que isso significaria? — sussurrou. — As restrições de um forasteiro.

Ele não disse nada, apenas a encarou. Sabia qual restrição ela tinha em mente. Eram várias: forasteiros não eram livres para gerar filhos como desejassem e, é claro, tinham pouca ou nenhuma influência sobre onde moravam ou por quanto tempo viveriam ali. Mas a restrição que Iray tinha em mente era a que dizia que forasteiros não podiam se casar. Tinham toda a liberdade do mundo para fazer todo o sexo que quisessem com qualquer mulher da Casa que os aceitasse, desde que tivessem o cuidado de não gerar filhos. Mas se, como no caso de Teray, um homem tivesse se casado antes de perder a liberdade, sua esposa assumiria um lugar entre as mulheres da Casa, as esposas do Preceptor. E se tornaria a única mulher na Casa permanentemente proibida ao ex-marido.

As leis eram antigas, feitas em tempos mais difíceis. Talvez fosse razoável, de acordo com o que diziam os registros antigos, proibir homens fracos de gerar filhos potencialmente fracos. Mas que motivo poderia haver para negar a um homem o acesso a sua escolhida, sua principal, ao mesmo tempo que se concede a ele tantas outras? Que motivo a não ser lembrar a ele, constantemente, que é um escravizado?

Teray respirou fundo. Não importava por que as leis tinham sido feitas, elas ainda estavam em vigor, sendo usadas diariamente. Logo, caso Joachim falhasse com Teray, elas seriam usadas contra ele.

Não, ele havia escolhido Joachim e fora escolhido por ele. Conhecia o homem. Iray estava certa. Joachim não faria a troca.

Depois de conversarem por mais algum tempo, durante o qual Teray tranquilizou Iray e a si mesmo, outro silente se aproximou deles para dizer que Joachim havia decidido passar a noite ali. Um quarto lhes havia sido reservado. Se já quisessem seguir para lá…

* * *

Naquela noite, o jantar lhes foi servido no quarto por uma jovem silente que teve o bom senso de se ocupar de seu trabalho sem os incomodar. A menina estava de saída quando Joachim chegou para vê-los. A garota silente sorriu e saiu do quarto. Joachim observou em silêncio até que ela fechasse a porta atrás de si. Então atravessou o quarto na direção deles, ainda em silêncio. Teray se levantou.

Joachim parou na frente dele, olhou-o nos olhos.

— Lamento, Teray.

— Lamenta? — Teray repetiu a frase de modo mecânico e, depois, de modo explosivo: — Lamenta! Quer dizer que você cedeu? Você me trocou?

— Sim.

— Joachim, não! — Iray praticamente gritou as palavras. Depois, também se levantou e se pôs ao lado de Teray. — Você nos traiu. — Ela irradiava mais raiva do que medo. — Depois de eu o ter apresentado a Teray.

— Como pôde fazer uma coisa dessas? — Teray exigiu saber. — Por que você faria isso?

Joachim se afastou, aproximando-se de uma janela.

— Você o ouviu. Ele queria você. Não consegui impedir.

— Então, por que não me deixou tentar?

— Você pode tentar se quiser. — Joachim balançou a cabeça, cansado. — Provavelmente vai fazer isso, mais cedo ou mais tarde, porque ele quer que você tente. Ele quer saber quão forte você é. E quer que você conheça a força dele. Ele quer colocar você no seu lugar.

— Está certo de que não tenho chance contra ele?

— Nenhuma chance. Dentro de alguns anos, talvez, quando tiver mais treinamento, mais experiência, quando aprender a ter um controle maior. Mas agora... Ele vai humilhá-lo diante do resto da Casa dele, diante de Iray. — Ele olhou para Iray. — E vai ser isso.

— Já é isso para você — declarou Iray.

Joachim não disse nada.

— Afinal, você nos vendeu e foi pago. — A voz dela saía mais dura do que Teray jamais ouvira. — Você lamenta! O que você quer? Nosso perdão?

Joachim respondeu com brandura:

— Eu tentei. Fiz tudo o que pude para fazê-lo mudar de ideia.

— Não acredito nisso. Ou você queria o artista e fez o que era necessário para obtê-lo ou deixou Coransee obrigá-lo a fazer a troca por meio de ameaças. — Ela o olhou com atenção. — Você tem medo dele, não tem?

Alarmado, Teray olhou para Joachim. O Preceptor parecia cansado, quase doente. Mas não parecia amedrontado.

— Temo por Teray — respondeu Joachim em voz baixa. — E por você.

— Então nos ajude — pediu Teray. — Precisamos da sua ajuda, não do seu medo!

— Não posso ajudá-los.

— Você quer dizer que não quer nos ajudar. Nenhum forasteiro vale o problema que você poderia causar a ele por ficar comigo. Você nem precisaria lutar.

— Teray, ser um forasteiro não precisa ser tão ruim quanto imagina. — Havia desespero na voz de Joachim. — Se puder aceitar isso e parar de lutar contra Coransee, ele pode vir a lhe ensinar mais do que eu jamais poderia. E ele não está tão longe de você no Padrão quanto imagina.

— E quanto a mim, Senhor? — Se ainda restasse algum traço da infantilidade de Iray, havia desaparecido agora. — Será que também "não será tão ruim quanto eu penso" ter meu marido proibido para mim e seu algoz como meu dono?!

Joachim balançou a cabeça, e seu sofrimento estava explícito no rosto. Ele estendeu a mão para ela, mas ela se manteve impassível. Ele a segurou pelos ombros e a deteve quando ela tentou se virar.

— Se eu pudesse ajudar, você acha que precisaria me pedir?

Teray observou-o em silêncio por um momento e depois falou:

— Explique por que você não pode ajudar, Joachim. — Ele achava que sabia o motivo. A angústia de Joachim era bastante real. Mas ainda não demonstrava nenhum sinal do medo que Iray pensava ter visto.

Joachim soltou Iray e virou-se para Teray.

— Você sabe, não sabe? — perguntou brandamente. — Você é bom demais. Você vê demais. Isso o deixou em apuros esta tarde. Acabou com qualquer esperança que eu tinha de poder dissuadir Coransee da troca. Bom demais.

— Explique por que você não pode ajudar — repetiu Teray. Agora tinha certeza, mas queria ouvir da boca de Joachim.

— Eu me pergunto quanto tempo ele levará para fazer de você um forasteiro — disse Joachim.

Teray esperou.

— Tudo bem! — Joachim pareceu ter de se obrigar a prosseguir. — Estou condicionado... Controlado! Aquele meu cavalo especial é mais livre do que eu quando se trata de lidar com Coransee.

Iray o olhou com repulsa.

— Controlado? Como um silente? Como um animal?

— Iray! — Teray se perguntou por que se preocupava em detê-la. Será que Joachim ainda tinha orgulho próprio? Será que isso importava? Ele estava sozinho. Joachim era inútil. O que ele iria fazer?

— Sabe por que permiti que ele implantasse seus controles, Teray?

Teray não sabia. Nem se importava. Não disse nada.

— Porque não fui tão paciente quanto você. Porque saí da escola muito cedo. E saí sozinho, acompanhado apenas por minha esposa. Coransee me pegou e me forçou a integrar sua Casa como um forasteiro. — Joachim hesitou. — Pois veja, eu sei pelo que vocês dois estão passando. Estava com ele há sete anos quando me ofereceu uma chance de liberdade. Tive de cooperar, deixar que ele implantasse seus controles em minha mente. É um trabalho delicado, a implantação. Não é como se conectar a alguém. Por mais forte que seja, nem ele poderia ter feito isso se eu tivesse resistido. Então, não resisti. Àquela altura, eu teria feito qualquer coisa para me libertar. Qualquer coisa.

— Você chama o que tem agora de liberdade? — O desprezo de Teray era patente.

— Sim! — respondeu Joachim com veemência. — Você também chamará depois de alguns anos de cativeiro. — Então sua voz mudou, tornou-se o que era antes: triste, desesperançosa. — Não. Estou "livre" há anos e os controles de Coransee estiveram em ação a cada minuto. Ele não precisa da minha cooperação para mantê-los. Acho que os terei comigo pelo resto da vida. — Deu de ombros. — Ele não os usa com frequência. Quando os usa, porém, não há nada que eu possa fazer.

Um Joachim arrependido não era mais útil do que um Joachim enfurecido. Teray queria pedir que ele fosse embora.

Mas aí ficaria sozinho com Iray, e ela lhe faria as perguntas que ele já estava se fazendo. Ele não tinha respostas nem para si mesmo. O que poderia fazer?

Joachim continuou falando, mas mudou de tom novamente. Agora falava baixo, com raiva.

— Teray, você foi sábio o suficiente para permanecer sob a proteção da escola até ser aceito como aprendiz. Você foi cuidadoso. Fez tudo certo. No entanto, por conta da minha fraqueza e da desonestidade de Coransee, perdeu sua esposa e sua liberdade. Tudo isso quando você deveria estar sob minha proteção. Não importa o poder que Coransee exerça sobre mim, não posso simplesmente ir embora e me esquecer de você.

— O que vai fazer? — perguntou Teray, resignado. Ele já sabia a resposta.

— Não posso fazer nada diretamente. Você sabe disso. Mas farei tudo o que puder indiretamente, incluindo um apelo a Rayal, se necessário. — Joachim se aproximava da porta, e Teray ficou aliviado ao vê-lo partir.

Palavras de despedida:

— Teray, acredite, vou tirar você dele.

Teray não acreditou. Nem se preocupou em fingir acreditar. Foi até a porta e a abriu.

— Adeus, Joachim.

Joachim o olhou por mais um instante, como se tentasse incutir nele a crença em suas boas intenções. Como se quisesse estender a mão a Teray caso não tivesse medo de sua proximidade. Depois, partiu.

Teray virou-se para Iray e viu que ela estava tremendo.

— O que você vai fazer? — sussurrou ela.

— Não sei. — Ele passou a mão pela testa e não se surpreendeu ao perceber que estava suada. — Não sei. Talvez amanhã...

Ela estava balançando a cabeça.

— Agora, Teray. Não está sentindo? Coransee está vindo agora.

2

Enquanto Iray falava, ela e Teray receberam o anúncio sem palavras da presença de Coransee, uma imagem mental do Preceptor da Casa parado do outro lado da porta de Teray.

Com polidez mecânica, Teray devolveu uma imagem de Coransee dentro do quarto. Não que ele quisesse que Coransee entrasse. Não estava preparado para um confronto. Não tivera tempo de organizar seus pensamentos, decidir qual estratégia de batalha lhe daria a melhor chance. Se é que tinha alguma chance. Joachim o deixara praticamente sem confiança, sem esperança. No entanto, ele tinha de lutar.

Mas tinha de lutar agora?

Conforme Coransee entrava, Teray retribuiu o olhar de Iray. Ela o observava com uma expressão assustada, questionadora, e as lágrimas não derramadas faziam os olhos dela brilhar. Sim. Ele tinha de lutar agora. Um duelo, um contra um, a menos que quisesse dar a Coransee um pretexto para convocar membros de sua Casa imensa.

Coransee adentrou o quarto e ficou perto da porta, olhando de um para o outro. Balançou a cabeça, meio cansado, e suspirou.

— Agora, hein, irmão?

Teray lhe lançou um olhar furioso.

— Momento inoportuno — continuou Coransee. — Você está cansado e emocionalmente esgotado. Devia ter decidido esperar. Eu o teria deixado passar a noite aqui com Iray como um convidado, e você poderia lutar comigo pela manhã, quando estivesse descansado.

Ele falava como se relevasse a vontade de uma pessoa irracional, como se repreendesse uma criança. Ardendo de vergonha e raiva, Teray atacou.

Pretendia matá-lo o mais rápido possível. Sabia que não teria chance contra um homem com a força e a experiência de Coransee, a menos que conseguisse passar pela blindagem dele e fustigá-lo até a morte de uma só vez. Se tivesse tempo, Coransee poderia dominá-lo, matá-lo usando ardis em vez da força.

Mas a blindagem mental de Coransee pareceu absorver o golpe sem sofrer danos. Coransee retribuiu o golpe com força esmagadora. Talvez também desejasse encerrar a luta depressa. Bateu repetidas vezes com uma transmissão quase física. Teray cambaleou para trás, atingindo a cama; sua blindagem resistia ao ataque, mas seus sentidos vacilavam. Os golpes eram aberturas, caminhos sendo rastreados até a origem. Nenhum padronista conseguia desferir um golpe através da própria blindagem sólida. Atacar era abrir a própria blindagem, mesmo que só um pouco, mesmo que por pouco tempo, e tornar-se vulnerável. Parte da força de Teray era o fato de poder atacar a uma velocidade estonteante através de uma abertura pequena. Parte da força e da experiência de Coransee era poder atacar Teray várias vezes seguidas sem que Teray fosse capaz de determinar a posição de um dos golpes e revidá-lo na origem antes que a blindagem de Coransee se fechasse outra vez.

Teray soube imediatamente que havia encontrado alguém à sua altura. Coransee era, no mínimo, tão rápido e tão forte quanto ele. No mínimo.

Ele martelava a blindagem de Teray com uma ferocidade que tornava o outro incapaz de fazer qualquer coisa além de sustentar a blindagem e resistir.

Ainda assim, havia um impasse. Teray resistia e Coransee provavelmente estava se esgotando. Teray esperou, abalado, sacudido, mas não machucado de fato; esperou por uma oportunidade.

Mas como Coransee martelava sua blindagem sem dar trégua, Teray só estava parcialmente consciente do que ocorria com seu corpo. Percebeu que alguém havia agarrado seu pulso, mas precisou de mais tempo para perceber que esse alguém era Coransee.

Contato! Coransee estava tão ocupado em manter Teray sob controle que buscou contato físico para poder se concentrar mais em um segundo tipo de ataque e causar danos físicos. A compreensão chegou tarde demais. Veio depois de Teray perceber que algo havia acontecido com seu coração.

Teray se viu apertando o peito de dor. De repente, já não estava respirando direito, ofegava e tossia. A dor parecia se espalhar e se agravar. Teray arrancou o pulso de Coransee, mas o Preceptor já havia terminado seu trabalho. A dor continuou, cresceu. Ele poderia ter dado um fim àquilo, mas, se prestasse atenção ao próprio corpo, Coransee ficaria livre para romper as defesas de sua mente.

Mas o coração dele... Ele estava morrendo.

De alguma forma, recomeçou a atacar Coransee, a lançar todas as suas forças em um novo ataque. Se sobrevivesse, poderia cuidar do corpo depois. Se morresse, pretendia levar o irmão consigo.

De repente, Coransee cessou o próprio ataque e recuou para a proteção de uma blindagem total. Talvez estivesse cansado. Desesperado, Teray atacou com mais força. Mas seu corpo o atrapalhava. Estava perdendo velocidade, vacilando.

Teray percebeu que Coransee rastreava a origem de um golpe através da blindagem de Teray. E mesmo ciente disso, Teray foi lento demais para bloqueá-lo.

Coransee recuperara o ponto de sustentação. Retalhou o restante da blindagem de Teray como se sua mente fosse um machete. Teray sentiu sua proteção sendo retirada. Tentou mantê-la no lugar, lutando para permanecer consciente. Coransee agarrou-o, segurou-o e lançou-o no esquecimento.

Para a surpresa completa de Teray, ele recuperou a consciência na cama do quarto de hóspedes, enquanto Iray o observava. Ele não esperava recuperar a consciência de modo algum.

Gemeu e voltou a fechar os olhos. Estava fraco, mas não sentia dor. Ao que parecia, Coransee ou Iray já haviam providenciado todos os cuidados de que seu corpo precisava. Ele sentia a fome daqueles que passavam por um processo de cura, mas era uma fome suportável. Tinha acabado de comer parte do jantar. Iray, que estivera sentada, deitou-se ao lado dele. Ele jogou o braço em volta dela e puxou-a para mais perto, de modo que sua cabeça descansasse no ombro dele. Como dizer aquilo? Como dizer a ela que ele lamentava?

— Iray...

Ela pôs a mão sobre a boca dele.

— E eu não vi? Você acha que eu não sei como se sente?

Ele balançou a cabeça em silêncio, com o corpo repentinamente trêmulo de vergonha e fúria. Emitiu um som áspero de angústia e se afastou dela. Queria descer e enfrentar Coransee de novo, obrigá-lo a terminar o trabalho dessa vez. Queria matar ou morrer. Havia perdido tudo. Tudo! Por que Coransee não o matou?

Iray tentou fazer com que ele virasse a cabeça, fazer com que ficasse de frente para ela. Ele agarrou as mãos dela e olhou-a. Ele a havia perdido. O que ela estava fazendo ali?

— Vou tirar nós dois dessa — disse ele. — Juro...

— Teray...

— Não vou parar de tentar até...

— Teray, escute! Há uma saída.

Ele se deteve, fixando o olhar nela.

— Qual?

— Escute. Coransee disse que você deveria se apresentar diante dele amanhã... amanhã de manhã. Disse que poderia fazer de você um aprendiz. Você é mais forte do que ele pensava. Ele disse que você o serviria melhor como aliado do que como servo. Teray, ele me disse que talvez ... Talvez possamos ficar juntos.

— Talvez?

— Ele quer conversar com você. Eu não sei por quê. E disse que precisava descobrir algo a respeito da escola. Mas temos uma chance, Teray. Pelo menos uma chance.

— Talvez. Mas o que há para conversar... Ou descobrir? Ou sou aprendiz ou não sou.

— Você poderia aprender mais com ele do que com Joachim. Muito mais. E talvez consiga fundar sua própria Casa mais cedo.

Teray balançou a cabeça, cansado.

— Amor, não deposite tanta confiança nele. Não sei o que ele tem em mente, mas...

— Teray, seja lá o que for, vá encontrar com ele. — Ela se reclinava sobre ele, olhando-o nos olhos. — Por favor. Faça o que ele quiser. Não quero acabar como uma *coisa* conquistada em uma luta. Quero ser a sua esposa. Por favor.

Ele respirou fundo.

— Você acha que eu recusaria alguma chance, qualquer chance real, de conseguir o que nós dois queremos?

Ela pareceu relaxar. Beijou-o e o tornou mais consciente da presença de seu corpo suavemente pressionado ao dele. Ela era exatamente o que ele precisava agora. Ele deslizou os braços em volta dela. Ela sempre seria o que ele precisava.

* * *

Bem cedo, na manhã seguinte, enquanto o resto da Casa acordava e iniciava o dia de trabalho, Teray se anunciou diante do apartamento particular de Coransee. Estava na grande sala comunal que adentrara com Joachim no dia anterior. Ele não havia percebido como a sala era grande. A lareira parecia muito distante, do outro lado do cômodo. Naquele momento havia dois silentes ali, ocupando-se da limpeza. Havia sofás, cadeiras e mesas baixas espalhadas pelo cômodo, e as paredes eram forradas de estantes de livros, pedras de aprendizagem, tabuleiros de jogos, pequenas estatuetas e muito mais. No entanto, a sala não estava entulhada. Na verdade, àquela hora, parecia erma. Havia apenas alguns silentes fazendo a limpeza e um padronista que, por algum motivo, decidira descer as escadas frontais e dar a volta até a enorme sala de jantar.

De repente, Teray recebeu o convite de Coransee para entrar. Teray atendeu ao convite e viu-se não no escritório do Preceptor, e sim em uma sala de estar confortável e acarpetada. Ali, vestindo apenas uma túnica preta de algum material brilhante, Coransee tomava o café da manhã, servido a ele por uma silente loira. A mulher havia posto dois lugares à mesa.

Coransee lançou um breve olhar a Teray e indicou que ele se sentasse na cadeira vazia na pequena mesa junto à janela. Como se não tivessem tentado matar um ao outro apenas algumas horas antes, pensou Teray. Ele se sentou, foi servido de bife e ovos do carrinho da silente e, como Coransee, comeu em silêncio até que a mulher saísse. Então, Coransee falou.

— Você já viu nosso pai, Teray? — Seu tom era surpreendentemente amigável.

— Não.

— Imaginei que não. Você se parece com ele, muito mais do que eu. Foi isso que me chamou a atenção ontem.

Apesar de tudo, Teray estava interessado. Rayal quase não viajava. Era provável que apenas uma pequena fração dos padronistas o tivesse visto de fato. Ele era o Padrão. Força, unidade, poder encarnados. Toda pessoa padronista adulta estava ligada a ele, mas a ligação não envolvia delinear seus traços. A maioria dos padronistas não sabia ou se importava em saber qual era sua aparência.

— Eu e você somos irmãos genuínos, sabe? — disse Coransee. — Mesmo pai e mesma mãe. Acordei a diretora da escola ontem à noite a fim de descobrir isso, embora já suspeitasse.

Teray deu de ombros. Ele não sabia nada sobre sua mãe. Rayal teve muitas esposas.

— Nossa mãe era Jansee, irmã e esposa principal de Rayal.

Teray congelou, com uma garfada de bife a meio caminho da boca. Largou o garfo e encarou Coransee.

— Então, é isso.

— É isso.

— Você vai me matar?

— Se fosse o caso, você teria morrido ontem à noite.

Teray voltou sua atenção para a comida, não querendo ser lembrado de sua derrota. A informalidade da situação de repente pareceu absurda. Esperara ficar diante da mesa de Coransee como um estudante malcriado e ouvir o sarcasmo do Preceptor da Casa. No entanto, ali estava, tomando café da manhã com Coransee. E nem uma vez chamara o Preceptor de "Senhor". Nem chamaria, decidiu-se. E também poderia descobrir naquele momento até onde era capaz de ir. O que Coransee poderia querer?

— Do jeito que as coisas estão — disse Coransee —, nós dois poderemos viver. Seria melhor se fizéssemos isso, agora que nosso pai está morrendo.

— Morrendo? Agora?

— Ele vem enganando a morte há vinte anos explicou Coransee. — Até na escola você deve ter aprendido isso.

— Que ele tem a doença dos clayarcas, sim. Mas pensei que estivesse dizendo que ele de fato está prestes a morrer por causa dela.

— E está.

Teray comeu em silêncio, recusando-se a fazer mais perguntas.

— Ele trouxe a meu conhecimento que pode chegar a sobreviver por mais um ano — revelou Coransee, baixou ligeiramente a voz. — Você quer o Padrão, irmão?

— Você está me perguntando se quero que você me mate.

— Pretendo suceder Rayal.

— Posso ver que sim.

— Então você está certo. Se entrar na disputa, terei de matá-lo.

— Outros vão entrar na disputa. Você não vai simplesmente seguir os passos de Rayal.

— Vou me preocupar com eles quando se revelarem. Neste momento, você é minha única preocupação.

Teray não disse nada por um longo momento. Nunca pensara que teria a oportunidade de suceder Rayal. O Mestre do Padrão tinha filhos demais; alguns deles não só eram mais velhos, como, a exemplo de Coransee, já eram Preceptores de suas próprias Casas. Era evidente, porém, que Coransee achava que Teray tinha uma chance... E agora exigia que abrisse mão dela. Teray não tinha dúvidas de que Coransee poderia e iria matá-lo se ele recusasse. Se o Preceptor não fosse de fato mais forte, o que ainda estava aberto a contestação, sem dúvida era mais versátil, mais experiente. E se Teray pudesse viver o tipo de vida que antecipara para si mesmo sem lutar, preferiria não voltar a desafiar o irmão.

— Não vou entrar na disputa — afirmou, com tranquilidade. As palavras foram surpreendentemente difíceis de enunciar. Ser o Mestre do Padrão, ser o detentor de tamanho poder...

— Permiti que vivesse pensando que não iria. — Coransee voltou-se para ele de modo calculado. — Devo aceitá-lo como meu aprendiz?

Teray tentou esconder seu repentino entusiasmo. Seus olhos encontraram os de Coransee com uma calma simulada. Seria tão fácil assim?

— Eu me tornaria seu aprendiz de bom grado.

Coransee assentiu.

— O que estou tentando fazer — disse — é usar você para evitar cometer o erro que nosso pai cometeu.

— Erro?

— Ele permitiu que nossa mãe permanecesse viva depois que ela se tornou sua aliada. Ele queria alguém tão poderoso quanto ele, ou quase tão poderoso, para assumir o Padrão caso algo lhe acontecesse. Alguém em quem pudesse confiar que não tentaria tomar o Padrão antes do tempo. Mas manteve Jansee com ele. Tornou-a sua esposa em vez de permitir que ela estabelecesse sua própria Casa em algum outro setor. O que significava que, quando ele tinha problemas, ela também ficava vulnerável. E, ao que parece, isso a matou em vez de possibilitar que ela o substituísse.

"Agora, para evitar que isso se repita, quero deixá-lo aqui em Redhill. Quando chegar a hora, terei de me mudar para Forsyth, para a Casa do Mestre do Padrão."

Teray franziu a testa, sem ousar compreender o que Coransee parecia estar dizendo.

— Irmão...?!

— Vejo que me entendeu. Quando o Padrão for meu, esta Casa será sua. Levarei apenas as minhas esposas mais próximas e alguns forasteiros. O resto deixarei para você.

Teray balançou a cabeça, temendo acreditar. Era muito e parecia fácil demais.

— Você me oferece tudo isso sem um preço a pagar? Você vai me dar a Casa?

— Quanto poderia me pagar?

— Nada. Você tem razão. Eu não tenho nada.

— Então não tem nada a perder. — Fez uma pausa. — Peço, sim, uma coisa. Mas não é o que se chamaria de preço.

Teray o olhou com suspeita imediata, mas Coransee prosseguiu, parecendo não ter percebido.

— É mais como uma garantia. Irmão, preciso saber que, quando você for mais velho e mais experiente, não decidirá que desistiu fácil demais do Padrão. Preciso ter certeza de que ficará satisfeito como Preceptor e não decidirá tentar se tornar Mestre do Padrão.

— Eu já disse isso — respondeu Teray. — Vou me abrir para você, deixar que veja por si mesmo que estou falando sério.

— Eu já sei que está falando sério. Sei que não está mentindo para mim. Mas um homem pode mudar. As coisas em que acredita agora podem não valer de nada daqui a cinco ou dez anos.

— Mas você já controlaria o Padrão a essa altura. Poderia me impedir de qualquer tentativa de usurpação...

— Talvez sim, talvez não. Mas não vou esperar para descobrir do jeito mais difícil.

Agora Teray sabia o preço. Ele se pegou pensando em Joachim. Controlado. Mas se lembrou de suas palavras. Coransee precisava da cooperação da vítima para implantar seus controles, não conseguiria fazê-lo a menos que Teray permitisse.

— Quero que permaneça vivo pelo bem do povo — afirmou Coransee. — Há clayarcas comendo pelas beiradas as fronteiras de todos os setores, do deserto às ilhas do norte. Sabem que Rayal está ocupado demais tentando se manter vivo para dar a devida atenção às invasões. Quando ele por fim desistir do poder e partir, minha intenção é que o povo volte a ter segurança. Mas não permitirei que você seja uma ameaça à minha segurança.

— Não sou uma ameaça — teimou Teray.

— Você sabe que garantia eu quero, irmão. Suas palavras não me valem de nada.

— Você está me pedindo para passar da escravização física para a escravização mental!

— Estou lhe oferecendo tudo o que você afirma querer. Já está ficando ambicioso? Meus controles não fariam nada além de garantir que mantivesse sua palavra.

— Joachim me contou como você usa os controles.

— Joachim! — Coransee não se preocupou em esconder o desprezo. — Acredite, irmão, Joachim precisa dos controles que mantenho sobre ele. Sem eles, nunca teria conseguido conquistar a própria Casa.

— Como ele poderia fazer isso sendo seu forasteiro?

— Ele se tornou meu forasteiro por sua própria insensatez. Assim como o aceitou como aprendiz por insensatez.

— Diz isso porque ele não suspeitava tanto de mim quanto você suspeita? Por que acreditou em mim quando o deixei ver que eu não queria a Casa dele?

— Teray, no momento que ele percebeu que você é mais forte do que ele, o que, aliás, você é, e ele sabia disso, deveria ter desistido de você. É uma questão de bom senso. Quando for o Senhor de sua própria Casa, veja como vai se sentir ao aceitar um subordinado que pode aprender com você o bastante para tomá-la.

— Você ajudou Joachim a conquistar a Casa do Senhor anterior?

— Indiretamente. Dei a ele um treinamento especial.

— Mas por quê? E por que mantê-lo sob controle?

Coransee lhe lançou um olhar longo e calculado.

— Política setorial — respondeu, por fim. — Eu queria garantir maioria de votos no Conselho dos Senhores de Redhill. O antecessor de Joachim se opunha a mim de modo muito ruidoso, muito estúpido.

O aviso era inequívoco. Teray suspirou.

— Eu não me oponho a você — afirmou. — Como me oporia? Mas também não posso pagar o seu preço. Não posso negociar a liberdade de minha mente, sentenciar-me a uma vida inteira de escravização mental.

— Quão livre você se vê agora?

— Livre, no mínimo, para pensar o que eu quiser.

— Entendo. Bem, já que dá tanta importância às promessas, estou disposto a lhe dar minha palavra de que não vou interferir em seus pensamentos, exceto para impedi-lo de usurpar o poder.

Teray o encarou.

Depois de um momento, Coransee riu alto.

— Estou vendo que é menos ingênuo do que finge ser. Graças a Deus. Mas escute, irmão, deixando de lado as mentiras nobres, você acha que quero manter quanto controle sobre você? Você viveria seu dia a dia com a mente tão livre quanto agora. Por que não? Não tenho tempo nem disposição para me intrometer nos pequenos detalhes da vida de outra pessoa. A única liberdade que lhe será tirada é a de se opor a mim. Tudo o que meus controles fariam seria colocá-lo no mesmo nível de todos os demais assim que eu me tornasse o Mestre do Padrão. Você só será diferente porque sua força me obriga a ter um controle mais rígido sobre você, um controle além do Padrão. Há tantos motivos para se opor aos meus controles quanto para se opor à sua ligação com o Padrão.

— O Padrão é diferente. Ele não controla pensamento algum. — Teray respirou fundo e disse sem rodeios: — Mesmo que eu achasse que poderia confiar em você, mesmo que você fosse Joachim, em quem eu confiava, não poderia aceitar a coleira, essa marca que quer colocar em mim.

— Nem mesmo para salvar sua vida? — A voz de Coransee permaneceu baixa, familiar.

Teray abriu a boca prestes a lhe responder com um desafiador "Não!", mas de alguma maneira não era tão fácil proferir a palavra que poderia condená-lo. Fechou a boca e olhou para o prato. Finalmente, recuperou a voz.

— Não posso. — Vergonhosamente, as duas palavras eram tão mais fracas do que a primeira que ele se sentiu compelido a dizer mais, a se redimir. — Qual é o sentido de comprar minha vida com a única coisa que ainda a faz valer a pena? Vá em frente e me mate.

Coransee se recostou e balançou a cabeça.

— Gostaria de ter lido você menos corretamente, irmão. Achava que era isso que você diria. Darei a você todo o tempo que resta ao nosso pai para mudar de ideia.

Novamente Teray se traiu. Queria insistir, como acreditava, que nunca mudaria de ideia. Mas isso seria como pedir para ser eliminado agora. Não disse nada.

— Só posso aceitá-lo como aprendiz nos meus termos — continuou Coransee. — Até aceitá-los, você permanecerá como forasteiro, sujeito a todas as restrições externas e observando todas as formalidades. — Fez uma pausa. — Você sabe disso.

— Eu... Sim, Senhor. — Enquanto permanecesse vivo, ele teria uma chance. Ou será que só pensava isso porque queria muito viver? Não, havia uma chance. Era possível escapar da escravização física. A coleira física não era tão abrangente nem tão permanente como a coleira mental.

— Quanto a seu trabalho — explicou Coransee —, um dos meus pastores de silentes merece uma promoção. Ele comanda os silentes que fazem a manutenção da Casa e dos terrenos. Você vai substituí-lo.

— Um pastor de silentes? — Teray não conseguiu esconder seu desânimo. Cuidar de silentes não era apenas a tarefa de um forasteiro, mas, para o bem dos próprios silentes, de um forasteiro fraco.

— Isso mesmo — disse Coransee. — E você começa hoje. Jackman, o homem que vai substituir, está esperando por você.

— Mas, Senhor, silentes...

— Silentes! Faça algum mal a eles com sua força e, quando se recuperar da surra que certamente vou lhe dar, você vai pastorear gado.

* * *

Jackman esperava à porta do apartamento particular de Coransee. Ele era um homem alto e ossudo, com cabelo cor de palha e uma força mental tão frágil que poderia facilmente ter sido professor na escola. Os professores lidavam com pessoas mais mentalmente indefesas do que os pastores de silentes e eram obrigados a ser relativamente inofensivos. Jackman era bastante inofensivo. Nem sequer conseguiu esconder o susto que levou quando avistou Teray e, através do Padrão, reconheceu a superioridade de sua força.

— Filho de uma puta — murmurou. — Se não tiver o temperamento calmo, vai matar todos os silentes da Casa.

Naquele momento, Teray estava sentindo que seu temperamento era tudo menos calmo, mas percebeu que Jackman estava certo. Deixando de lado a raiva contra Coransee, acompanhou Jackman até o alojamento dos silentes no quarto andar, onde ficaria seu novo dormitório.

Dois silentes já estavam tirando as coisas de Jackman. Um deles, a mulher, chorava baixinho enquanto trabalhava. Teray a olhou antes de se voltar para Jackman.

— Vou levá-la comigo, se você não se importar — falou Jackman.

— Problema seu — respondeu Teray.

— E seu. — Havia um tom de desaprovação na voz de Jackman. — Agora, todos os silentes da Casa são problema seu.

Não era uma responsabilidade na qual Teray queria pensar.

— Você se preocupa com os silentes, não é? — perguntou a Jackman. — Quer dizer, se importa de verdade. Para você, não era só um trabalho.

— Eu me importo. No momento estou sinceramente preocupado com eles. Receio que você acabe matando alguns por pura ignorância, antes de aprender a lidar com eles.

— Para ser franco, eu também. — Teray estava formulando uma ideia.

Jackman franziu a testa.

— Olha, cara, eles são pessoas. Sem poder e sem vozes mentais, mas, ainda assim, pessoas. Então, pelo amor de Deus, tente ser cuidadoso. Na minha opinião, matar um deles é pior do que matar um dos nossos, porque eles não podem fazer nada para se defender.

— Pode me mostrar o que sabe sobre eles, como lidava com eles?

A expressão no rosto de Jackman era de desconfiança.

— Vou lhe ensinar o que puder, é claro.

— Não foi isso que eu quis dizer.

— Imaginei que não. Que merda o faz pensar ter direito a alguma coisa a mais?

— Não tenho direito. Só pensei que estaria disposto a fazer a única coisa que poderia para proteger os seus silentes.

— Os *seus* silentes! Minha privacidade mental não tem nada a ver com isso. Ninguém além de Coransee pode me obrigar a fazer o que você está me pedindo.

— E eu não pediria se a vida de outras pessoas não estivesse envolvida. Mas, honestamente, não quero matar nenhum desses silentes. E, sem a sua ajuda, vou acabar fazendo isso.

— Você está pedindo pelas minhas memórias — respondeu Jackman. — E sabe tanto quanto eu que vai acabar com muito mais do que apenas minhas memórias de pastoreio de silentes.

— Não há outro método de ensino que seja rápido o suficiente para me impedir de causar algum mal.

— Mas se intrometer na minha vida não é ensino.

Teray sentou-se na beira da cama e encarou o chão. Pensara que seria fácil, que um homem tão claramente ligado aos silentes estaria disposto a sacrificar um pouco de sua privacidade mental para o bem deles. Olhou para os dois silentes ainda presentes no quarto.

— Vocês dois, deixem-nos sozinhos por uns minutos.

De um modo irritante, os silentes olharam para Jackman e receberam seu consentimento antes de obedecerem.

— Não os leve a mal — disse Jackman quando eles partiram. — Eles me olham para receber ordens há cinco anos. É um hábito.

— Jackman, abra-se para mim voluntariamente. Não quero ter de obrigá-lo.

— Você não tem o direito! — Jackman tentou se comunicar com Coransee para alertá-lo, mas para isso teve de abrir sua blindagem, que já era inadequada. No mesmo instante, Teray a atravessou. Ele manteve Jackman preso, isolado do contato com o resto da Casa. Teve a vontade tola de lhe pedir desculpas pelo que estava fazendo enquanto explorava e absorvia as memórias do homem referentes aos cinco anos anteriores. Não estava fazendo com Jackman exatamente o que Coransee queria fazer com ele, mas era uma invasão da privacidade mental do homem. Estava usando todos os seus meios, agindo como uma versão diminuta do Preceptor da Casa. E não estava fazendo isso apenas para o bem dos silentes. Eles eram importantes, é evidente, mas Teray também estava evitando a prometida surra e a tarefa de pastorear o gado. As coisas já estavam ruins o suficiente.

Quando Teray liberou Jackman, sabia tudo o que o homem mais velho sabia a respeito de cuidar de silentes. Também o conhecia profundamente. Sabia, por exemplo, dos temores do pastor de silentes, sabia o que ele próprio poderia fazer para ajudar Jackman e, quem sabe, até certo ponto, compensar a invasão de sua privacidade.

— Jackman — disse —, sou irmão de Coransee, irmão por parte de pai e de mãe. Talvez seja inferior a ele em força, mas acho que não sou inferior a mais ninguém aqui. Agora sei que lhe preocupa passar por dificuldades quando se mudar para o terceiro andar, e com razão. Você é quase tão fraco quanto um de seus silentes e vai se tornar o peão de todo mundo. Se quiser, pode manter uma conexão comigo. Depois que algumas pessoas me testarem, ninguém mais vai nos incomodar.

— Você acha que eu me esconderia atrás de você depois do que acabou de fazer?

Teray não disse nada. Conhecia o homem bem o bastante para perceber que já havia dito o suficiente.

— Você está tentando me subornar para me manter de boca fechada sobre o que você fez — alegou Jackman. — Coransee o faria pensar que está sendo esfolado vivo se eu fosse até ele.

Era um blefe. Teray sabia, por meio da mente de Jackman, que Coransee geralmente deixava que seus forasteiros determinassem a própria hierarquia dentro de sua Casa. Não estava particularmente preocupado com o fato de que os fortes intimidavam os fracos, contanto que os fracos não sofressem ferimentos graves e contanto que tanto fortes como fracos obedecessem a suas ordens. Teray observou Jackman com calma.

Jackman o encarou, lívido de raiva. Então, lentamente, a raiva se dissolveu em uma submissão exausta.

— Se houvesse alguma maneira de matá-lo, garoto, eu faria isso com prazer. E bem devagar.

— Estabeleci a conexão entre nós — explicou Teray. — Saberei se você tiver problemas. Se eu descobrir que você me causou problemas, vou deixar que seja destroçado. Mas se não for o caso e quiser minha ajuda, vou ajudá-lo. Nada mais. A conexão não é um controle ou uma intromissão. Apenas um alarme.

— Do tipo que algumas mães padronistas mantêm com os filhos para ter certeza de que estão bem, certo?

Teray estremeceu. Ele nunca teria dito tal coisa. Por que Jackman fazia questão de se humilhar?

— Às vezes é melhor chamar as coisas pelo nome — disse Jackman.

— No minuto que decidir que não quer a conexão, poderá dissolvê-la. Agora mesmo, se quiser. — Teray manteve-se atento à conexão, certificando-se de que Jackman estivesse ciente dela, consciente de que ela estava sob seu controle, que ele poderia de fato destruí-la.

Mas Jackman não fez nenhum movimento para destruir a conexão. Lançou a Teray um olhar incompreensível.

— Você não está fazendo isso para me manter quieto, está?

— Não importa — respondeu Teray.

Jackman sorriu de modo pouco amistoso.

— Está fazendo isso para apaziguar sua consciência, não é? Está fazendo isso para apagar a "malfeitoria" que fez antes. Você ainda não saiu da maldita escola, não é, garoto?

Teray golpeou Jackman do modo cautelosamente contido que ele acabara de aprender a empregar com silentes. Bateu em Jackman com um pouco mais de força do que teria batido em um silente, porque o pastor realmente tinha algumas defesas a serem rompidas. Estabelecendo um paralelo físico, porém, foi como dar um tapa em uma criança.

Jackman recuou na direção da parede como se tivesse sido atingido fisicamente. Por um instante, ficou imóvel, ligeiramente dobrado sobre si, de cabeça baixa, xingando.

Teray expandiu sua percepção para encontrar os dois silentes. Localizou-os com facilidade, reconhecendo a mente deles pelas memórias de Jackman. Com uma gentileza cuidadosa, chamou-os de volta ao quarto para terminarem de transportar as coisas de Jackman. Usou exatamente a mesma quantidade de energia que o outro teria usado. A coisa mais importante que obtivera de Jackman foi um conhecimento profundo de quanta força mental os silentes podiam tolerar sem sofrer danos.

Jackman se endireitou no momento que os dois silentes entraram. Eles o olharam com curiosidade e depois recolheram braçadas de roupas e outros pertences.

Jackman dirigiu-se a Teray mais uma vez no momento que ele e os silentes saíam da sala.

— Com a consciência pesada ou não — falou, baixinho —, você é mesmo irmão dele. — E, estranhamente, foi como se dissesse aquilo com admiração.

3

Teray procurou Iray apenas com os olhos. Se tivesse usado a mente, poderia tê-la encontrado em um instante. Mas não estava com muita pressa. Ele a procurava sem saber o que diria quando a encontrasse. Afinal, ainda na véspera, não lhe tinha prometido que aceitaria qualquer oportunidade de conseguir a liberdade?

O pensamento fez com que se lembrasse, aflito, de Joachim.

Ele parou, de repente recordando-se da intenção de Joachim de passar a noite na Casa de Coransee. Será que tinha feito isso? Será que ainda estava ali?

Teray expandiu sua percepção, esquadrinhou a Casa e encontrou Joachim com a mesma rapidez e facilidade com que poderia ter encontrado Iray. O Preceptor estava em um quarto de hóspedes no apartamento de Coransee. E agora que o havia encontrado, Teray se perguntava se de fato queria vê-lo. Por que deveria querer vê-lo? Será que precisava dos conselhos de Joachim? Joachim já não havia dito que dentro de alguns anos ele também consideraria os controles mentais de Coransee um preço pequeno a pagar pela liberdade? Por uma liberdade limitada. Pela ilusão de liberdade.

Mas Teray só teria um ano, ou até menos, para tomar aquela decisão, se é que a tomaria.

Deixando os pensamentos de lado com raiva, Teray expandiu a percepção outra vez e localizou Iray. Ela estava no pátio, uma área grande ajardinada quase toda cercada pelas paredes da Casa.

Ele foi até ela e a encontrou sentada sozinha em um dos bancos de concreto espaçados ao longo do caminho retangular. Teray estacou por um instante, passando os olhos pelo jardim. No centro havia uma fonte, rompendo agradavelmente o silêncio da manhã com o som da água caindo.

Havia passagens, entremeadas por flores, que levavam à fonte. Fora do caminho principal retangular havia arbustos, alguns floridos, e árvores. Quem cuidava de tudo aquilo, percebeu Teray, eram os silentes dele. Ainda bem que já dominavam o trabalho. Teray não sabia quase nada sobre jardinagem, tampouco Jackman, percebeu Teray, examinando as memórias que havia tirado do homem. Jackman nunca se preocupou em aprender. Apenas deixara que os silentes continuassem cuidando do jardim da maneira como faziam antes de ele assumir o comando.

Teray percebeu que ainda estava adiando falar com Iray.

Ele se aproximou e se sentou a seu lado, sentindo a expectativa esperançosa dela.

— Eu a decepcionei — disse, calmamente. — De novo. Não pude pagar o preço que Coransee pediu.

Ela se fechou bruscamente para ele, encerrou-se atrás de uma blindagem completa, sozinha consigo mesma. Fisicamente, sua reação foi leve. Suspirou e encarou o solo arenoso e avermelhado do caminho.

— Diga o que aconteceu. Conte tudo.

Ele contou. Ela tinha o direito de saber. E, ao saber, tinha o direito de odiá-lo. Junto com a dele, sacrificara também a liberdade dela. Assim como ele confiara em Joachim, ela confiara nele. Ela era linda e forte por si só. Não forte o suficiente para estabelecer sua própria Casa, mas forte o suficiente para garantir um lugar seguro para si mesma em qualquer Casa existente que escolhesse. Outros homens quiseram tê-la, Preceptores já estabelecidos. Ela os recusou para ficar com Teray. E agora…

Teray terminou o relato e respirou fundo.

Ela se virou e o olhou, olhou para ele por um longo tempo. O olhar dela o deixou desconfortável, mas ele não conseguia pensar em mais nada para dizer.

— Vai deixar que ele o mate?

As palavras dela pareceram trazê-lo de volta à vida.

— É claro que não! Eu não *deixaria* ninguém me matar!

— O que você vai fazer?

— Lutar... De novo. Se chegar a esse ponto. Não vou desperdiçar o tempo que ele me deu. Vou aprender tudo o que puder. Talvez aprender o suficiente para... — Não foi capaz de terminar a frase, a mentira. Nenhum forasteiro seria observado com mais atenção do que ele. Ninguém receberia mais blindagem contra o conhecimento que poderia ajudá-lo a conquistar sua liberdade. No entanto, ele não podia aceitar a derrota. Não podia fazer o que Joachim havia feito.

Iray colocou a mão no ombro dele e ergueu-a até seu rosto.

— Não vou mudar meu nome — disse.

Ele cerrou os dentes, não queria dizer o que sabia que precisava dizer.

— Você vai fazer o que for necessário. Vai ter que criar um lugar para si mesma aqui.

— Teray...

— Não posso protegê-la. Você... Não é mais minha esposa. Talvez volte a ser. Vou lutar por isso. Se eu me libertar, não vou deixá-la aqui. Mas por enquanto... Nós dois sabemos o que você precisa fazer.

— Gostaria de te ajudar a matá-lo!

— Você não é ingênua. Você o odeia pelo que ele fez comigo! Mas não pode se dar ao luxo de fazer isso. Pense em si mesma. Você é linda e forte o suficiente para se destacar em qualquer Casa. Agrade-o, Iray. Agrade-o!

Ela ficou em silêncio, encarando o chão. Depois de algum tempo, levantou-se e entrou na Casa.

* * *

Os silentes da Casa conheciam o próprio trabalho. Foram bem programados e quase não precisavam do direcionamento de Teray. Durante dias, ele apenas circulou pelo grupo, permitindo que se acostumassem com ele. Irritava-o perceber que sentiam falta de Jackman. Não desgostavam de Teray. Sua programação não permitia que tivessem aversão a nenhum padronista. Eles apenas preferiam Jackman, que já conheciam e que lidara com eles de maneira gentil. Teray não lidava com eles de maneira nenhuma.

Não conseguia concentrar os pensamentos neles, não conseguia se importar com eles de fato. Seus problemas pessoais monopolizavam sua atenção, pesavam sobre ele. E ver Coransee e Iray juntos pela Casa não ajudava. Coransee agiu rápido. Às vezes, pela manhã, Teray os via saindo juntos do apartamento de Coransee e indo tratar de alguns dos negócios dele. Várias esposas de Coransee começaram a olhar para Iray com evidente ciúme. Era claro que ela estava se tornando uma das favoritas dele. E o que será que ela sentia em relação a isso?

No início ela parecia subjugada. Calma, retraída, resistindo emocionalmente ao que não podia resistir fisicamente. Não era uma atriz. Nunca tinha sido capaz de esconder seus sentimentos de Teray. Mesmo depois de fechar a mente para ele, o rosto e os gestos dela a traíam. Teray a observava, preocupado com a possibilidade de que a teimosia dela irritasse Coransee, ainda que ele próprio se orgulhasse secretamente dessa teimosia. Então, Iray começou a sorrir e Teray observou-a com outro tipo de preocupação. Será que estava finalmente aprendendo a representar o papel ou sua teimosia estava começando a se dissolver?

Coransee era um homem bonito e poderoso. Sabia ser encantador. Várias de suas esposas não escondiam o fato de estarem apaixonadas por ele. E Iray era jovem, tinha acabado de sair da escola. Uma coisa era resistir às atenções dos ricos Senhores que visitavam a escola, onde ostentavam pouco de sua riqueza ou poder diante dela. Onde eram apenas outros homens. Mas ali, na vasta propriedade de Coransee... Quanta diferença fazia aquilo?

Teray observava com repugnância o modo como Iray começava a olhar para Coransee. E Iray não queria mais olhar nos olhos de Teray.

E o tempo passava. E, como temera, Teray não estava aprendendo nada. E Joachim, que tinha se submetido, estava em sua Casa com seus forasteiros, suas esposas e seus silentes, bem como com a riqueza e o poder que controlava, ao menos quando Coransee o deixava em paz.

Teray estava solitário e taciturno. Seus silentes o temiam. Sabiam, assim como ele, que não seria novidade um padronista furioso descontar suas frustrações no silente mais próximo. É óbvio que a agressão a silentes era ilegal e punida com métodos dolorosos quando descoberta. Mas o pastor, ao mesmo tempo guardião e supervisor dos silentes, poderia garantir que sua violência permanecesse encoberta. Anos antes, Rayal esquadrinhara os setores regularmente, procurando e punindo casos de agressão contra silentes e outras infrações à lei. Mas já fazia algum tempo que não havia varreduras do tipo. Rayal já não fazia mais nada, exceto manter-se vivo e no poder. Assim, os silentes da Casa de Coransee observavam Teray com cautela e se apressavam em obedecê-lo quando falava. Nunca lhe teria ocorrido agredir alguém tão indefeso quanto um silente. No entanto, não conseguia tomar a iniciativa de tranquilizá-los, de aliviar o medo deles. Ele não conseguia se importar de fato. Não até o dia que um silente assustado o acordou antes do amanhecer avisando-lhe que havia ocorrido um acidente na cozinha.

Teray se levantou em silêncio, irradiando uma contrariedade que o silente não conseguia sentir, e seguiu-o até a cozinha imensa. Um cozinheiro derrubara uma panela de gordura quente no próprio pé. O pé estava gravemente queimado.

Teray curvou-se imediatamente para examiná-lo. Era capaz de ler a dor do homem em seu rosto, mas teve o cuidado de não a ler mentalmente. Como todas as pessoas padronistas, Teray aprendeu tudo o que pôde sobre cura antes de deixar a escola. A capacidade de curar tinha pouco a ver com a força mental, era um tipo diferente de poder. A maioria das Casas mantinha pelo menos uma mulher ou um forasteiro especializado em cura. Alguém que pudesse realizar um feito imenso, como regenerar membros ou livrar um corpo de um veneno ou uma doença mortal. Bons curandeiros podiam lidar com qualquer coisa, com exceção da doença da *Arca de Clay*. Mas Teray não era bom curandeiro. Com cuidado, ele extinguiu a agonia do homem. Isso era bastante simples, mas curar...

Considerou chamar Coransee para descobrir quem era responsável pelas curas na Casa. Teray sabia que já deveria ter descoberto isso há muito tempo. E sabia que Coransee lhe diria isso em uma linguagem inequívoca. Então, lembrou-se do aglomerado, apenas parcialmente digerido, de suas memórias de Jackman. Acessou-as e encontrou o nome da curandeira e o chamado mental de emergência ao qual ela respondia. A informação apaziguou sua mente, deu confiança a ele. Se a curandeira estava ali e pronta para atender com rapidez, Teray podia arriscar não a incomodar. Podia arriscar curar o silente sozinho.

Ele achou mais fácil agir como se o corpo do silente fosse o seu, como se estivesse regenerando a própria pele. Muito dela, carne morta e queimada, teve de ser descartada. A dor do silente não podia voltar. Teray fechou os olhos, concentrando-se. Não os abriu até terminar. O pé do silente estava inteiro outra vez, e ele ficou encarando, fascinado, a nova carne rosada.

— Vai ficar sensível por um tempo — disse-lhe Teray. — Mas está tudo bem. Tome um bom café da manhã e tire o dia de folga.

O silente sorriu.

— Obrigado.

E Teray voltou para a cama sentindo-se satisfeito consigo mesmo pela primeira vez desde que se tornara pastor de silentes. Realizara a cura de forma lenta, mas adequada. Teria pedido à curandeira da Casa que examinasse o cozinheiro, mas tinha certeza de que o homem estava recuperado. Teray nunca fizera algo do tipo em alguém além de si mesmo desde que aprendera a fazer isso, anos antes.

Aos poucos, começou a se interessar pelos silentes. Não tinha feito amigos entre os forasteiros ou as mulheres da Casa. E não tinha encontrado nenhuma mulher para substituir Iray, embora tivesse notado que algumas o olhavam com interesse. Outras até chegaram a falar com ele, oferecendo-se abertamente, mas ele as recusou do modo mais gentil que pôde. Seria mais fácil se ele não visse Iray pela Casa praticamente todos os dias. Seria mais fácil se tivesse mais o que fazer. Seus silentes ainda pareciam muito eficientes. Exceto por uma cura ou outra, não precisavam muito dele. Ou pelo menos era o que pensava, até que uma silente pequena e ruiva chamada Suliana desabou diante da porta dele uma noite.

Teray desviou a atenção da pedra de história que estava absorvendo para o barulho do lado de fora. Foi de súbito dominado por uma onda de agonia.

Deu um grito sufocado, protegeu-se da dor e correu para a porta. Suliana estava caída no chão, meio escorada na porta. Teray abriu um pouco mais a mente, ainda filtrando a dor da mulher. Tornou-se consciente da posição exata do corpo dela, então abriu a porta com cuidado, segurando-a para que ela não escorregasse e batesse a cabeça no chão. Ela gemeu ao ser tocada, e ele percebeu que havia cortes e machucados por todo o corpo dela. E tinha ferimentos internos. Ele a ergueu com delicadeza, concentrando toda a atenção no corpo dela. Tinha duas costelas quebradas e, se Teray a segurasse de modo imprudente, uma delas perfuraria o pulmão esquerdo. Colocou-a na cama e tirou a dor dela. Depois, reconhecendo que não sabia o que fazer, chamou a curandeira.

O nome da curandeira era Amber. Era uma mulher de pele marrom-dourada e cabelos que formavam uma coroa de cachinhos pretos e densos. E ela tinha um temperamento forte.

Lançou um olhar para Suliana, deitada em silêncio na cama de Teray, e atacou-o.

— Que raios há de errado com você, deixando esse tipo de coisa continuar! Achei que fosse um pouco melhor que Jackman, ou pelo menos mais forte. Achei que nunca mais iria curar essa garota depois que você assumiu.

— Espere aí — disse Teray, afastando-se dela, surpreso. — Não sei do que você está falando. Por que não me explica depois que cuidar de Suliana?

— Você não sabe! — Era uma acusação.

— Não, não sei. Vamos esperar até que termine antes de discutirmos se eu deveria saber ou não. Cuide da silente.

Ela o olhou, irradiando ressentimento, e ele se pegou lembrando o que havia aprendido na escola: até mesmo os Preceptores das Casas eram cuidadosos no trato com curandeiros. Um bom curandeiro também era assustadoramente eficiente em matar. Um bom curandeiro poderia destruir as partes vitais do corpo de uma pessoa com rapidez e profundidade suficientes para matar até mesmo um padronista forte antes que ele pudesse curar a si mesmo. Mas Teray se manteve firme. Ao que parecia, já a tinha deixado com raiva. Não iria recuar por medo.

Depois de um momento, ela se afastou dele soltando uma interjeição de repulsa e se concentrou em Suliana. Ela fez a silente dormir e ocupou-se dela por quase uma hora sem dizer mais nada. Enquanto isso, Teray foi até a cozinha pedir uma refeição farta para Suliana. Quem passava por uma cura geralmente precisava se alimentar o mais rápido possível após o procedimento, uma vez que os curandeiros utilizavam a energia e os nutrientes do corpo de seus pacientes para curá-los. A comida chegou quando Amber estava terminando, e o silente que a trouxe olhou para Suliana com tristeza e murmurou:

— De novo?

Quando o silente saiu do quarto, Teray mergulhou em seus pensamentos. Já era hora de descobrir o que pelo visto todo mundo já sabia.

Suliana, ele descobriu, era mantida como propriedade privada de um forasteiro chamado Jason. Dois anos antes, Coransee o havia integrado à força em sua Casa logo depois que Jason deixara a escola com sua esposa. Mais tarde, Coransee trocou a esposa com outra Casa. Suliana tinha o azar de se parecer muito com a esposa de Jason. Por isso, ele se apossou dela. Para a infelicidade ainda maior de Suliana, ela não era a esposa de Jason. Então, periodicamente, tomado de raiva e frustração perversas, Jason espancava a silente quase até a morte.

— Você entendeu tudo? — perguntou Amber.

Teray percebeu que ela havia terminado e o observava.

— Entendi o que aquele silente da cozinha sabia, pelo menos.

— E você não sabia de nada sobre isso?

— Não conscientemente. Percebo agora que recebi esse conhecimento através de Jackman. E percebo que isso está acontecendo porque Jackman estava com muito medo de Jason para contar tudo a Coransee.

— Seu nome é Teray, não é?

— Sim.

— Teray, o que diabos tem feito nas últimas semanas?

De alguma forma, Teray controlou seu temperamento.

— Você deu o seu recado — respondeu, calmo. — Agora, esqueça isso.

— Por quê? — A voz dela era seca e insolente. — Está envergonhado? Ótimo. Se você consegue se sentir envergonhado, acho que não é um caso perdido. O que vai fazer?

Ele respirou fundo. Não havia dúvidas de que merecia o sarcasmo dela. Ou de qualquer pessoa.

— Vou garantir que Jason nunca mais coloque as mãos nela, ou em qualquer outra silente. E avisarei Coransee caso Jason encontre uma padronista fraca o bastante para agredir.

— Certo. O que mais?

Teray sentou-se e a encarou.

— Vou escutar seu relato sobre outros casos do tipo que você teve de tratar. Então, depois que tiver ouvido todos eles, vou me arriscar a anunciar que qualquer um que agredir meus silentes terá de se acertar comigo.

Amber franziu a testa.

— Isso não é se arriscar. É o seu trabalho. Jackman só não fez isso porque não tinha forças para agir... Ou, como você disse, coragem para ir falar com Coransee.

— Para mim, é correr um risco. Vai ter que acreditar na minha palavra.

Ela ergueu a sobrancelha.

— Hum, já está com problemas com Coransee? Entendo. Bem, não posso ajudar nisso, mas se achar que precisa de ajuda com algum dos outros, pode me chamar. Sei que você é forte, mas acabe com a diversão deles, e pode ser que não se revezem para atacá-lo.

Ela era hostil e enigmática. Teray não conseguia decidir se gostava dela, tolerava-a ou odiava-a. Ficou surpreso ao perceber que ainda achava possível gostar dela. Balançou a cabeça e sorriu brevemente.

— Amber, por que diabos já não saiu daqui para começar sua própria Casa?

— Vou fazer isso, mais cedo ou mais tarde — respondeu ela. — Só deixei Coransee me desviar do caminho por um tempo.

Ele não fizera a pergunta a sério, não esperava receber uma resposta. Mas a resposta o intrigou.

— Você é uma aprendiz?

— Não.

— Mas você pareceu falar sério, como se pretendesse simplesmente deixar a Casa de Coransee algum dia.

— Do mesmo jeito que vim parar aqui.

— Por vontade própria?

— Sim. Ele não tinha um curandeiro e eu não tinha onde ficar enquanto me recuperava de alguns ferimentos graves causados por clayarcas. Eu havia acabado de chegar do setor Karston. Então, eu e Coransee percebemos que nos dávamos bem e estou aqui desde então. Mas não sou uma de suas esposas, Teray; sou independente.

Ele ouvira falar de pessoas assim: nômades sem Casa, pessoas que geralmente detinham alguma habilidade valiosa que as tornava bem-vindas nos vários setores. E que detinham força suficiente para dissuadir os Preceptores de tentarem mantê-las.

— Eu não sabia que ainda havia independentes. Levando em conta como a situação com os clayarcas anda ruim...

— Ainda existimos. Nós só ficamos em um lugar por mais tempo do que costumávamos fazer no passado. Mas ainda somos pessoas livres.

— Espero estar por perto no dia que tentar deixar Coransee.

— Vai estar, provavelmente. A hora já está chegando. Sabe, deveríamos estar falando sobre os silentes.

Teray deixou-se voltar à questão.

— Certo. Conte o que sabe sobre agressões a silentes aqui na Casa.

Ela se virou para olhar Suliana. A silente parecia dormir em paz. Pelo visto, Amber achava mais importante que ela descansasse antes de comer.

— Abra-se — disse Amber. — Vou lhe passar tudo de uma vez.

Ele não estava completamente confortável em se abrir para ela. Afinal, se ela havia decidido ficar com Coransee, devia sentir certa lealdade a ele. Mas o que poderia arrancar dele que Coransee já não soubesse? Que diferença fazia? Ele se abriu.

O que ela transmitiu o fez sentir como se de repente tivesse caído em uma fossa. Digeria a lista de atrocidades aos poucos ao revisar os próprios pensamentos. Considerara Jason um animal pelo que fizera com Suliana. Agora, sabia que, em comparação a alguns outros da Casa, Jason poderia ser qualificado como um filantropo. Ninguém chegava a matar silentes, mas alguns forasteiros e mulheres faziam um jogo grotesco de chegar o mais perto possível disso. Obrigando dois silentes a lutar entre si, por exemplo, até que um deles ficasse com o corpo tão mutilado e destruído a ponto de não conseguir mais se obrigar a continuar lutando. Privilégios e posses eram apostados nessas lutas. E havia uma certa padronista que transformara o controle e a alteração de crianças silentes ainda não nascidas em uma forma de arte. Ela já havia criado diversas monstruosidades disformes que tiveram de ser eliminadas. O que fazia passava impune porque bebês e até mesmo crianças mais velhas, fossem padronistas ou silentes, eram considerados dispensáveis. Aqueles que tinham alguma anomalia irreparável eram rotineiramente eliminados.

Havia um forasteiro que pesquisara métodos antigos de tortura e transformara em passatempo experimentá-los em silentes. Outro forasteiro tinha prazer sexual em golpear silentes repetidas vezes com uma faca de cozinha. E havia uma mulher que...

Teray se blindou, exausto, e balançou a cabeça.

— Amber, isso tem acontecido desde que cheguei?

— Não com frequência. As pessoas sabem que você é forte e são cautelosas. E, além disso, a maioria delas repara o dano que causou, ou me chama. Mas Jason, ao que parece, decidiu que você não seria um problema maior do que Jackman.

— Como Coransee pode deixar tudo isso acontecer? Ele deve saber pelo menos de algumas coisas.

Amber desviou o olhar.

— Ele sabe. Eu mesma já lhe contei muitas vezes. Ele não me deixa fazer nada a menos que desista da minha independência e me estabeleça aqui. Mas não creio que vá impor empecilhos se tudo o que eu fizer for ajudar o pastor de silentes a não ser assassinado.

— Mas ele não se importa que os silentes dele estejam sendo torturados?

— Neste momento, só existe uma coisa com a qual ele se importa. E mesmo que eu entenda seu problema, é o que está me afastando dele.

— Do que está falando?

— Você deve saber melhor do que eu. — Ela o olhou com curiosidade. — Você é irmão dele. Jackman contou para todo mundo. Irmão de pai e mãe. Eu não ficaria surpresa em vê-lo se comportando como ele, esperando sentado a morte de Rayal para tentar conquistar o Padrão.

Assustado e desconfiado, Teray respondeu com cautela.

— Não estou atrás do Padrão — declarou. — Como disse a Coransee, quero minha liberdade e uma chance de estabelecer minha própria Casa. Só isso.

Ela o observou por bastante tempo, com uma sobrancelha levantada.

— Acho que está dizendo a verdade. O que me surpreende. Coransee quer o Padrão do jeito que eu e você queremos continuar respirando. É simples assim. Se alguém me impedisse de curar, eu poderia estar como ele está agora: subindo pelas paredes.

— Ele não me parece estar assim.

— Ele não pode se dar ao luxo de *aparentar* estar assim. Mas se você fosse um curandeiro, saberia. Ou simplesmente se o conhecesse há mais tempo. Ele agora tem feito coisas com as pessoas, ou permitido que sejam feitas, coisas que jamais teria tolerado há dois anos, quando o conheci.

— Tudo porque deseja muito o Padrão.

— Mais do que deseja, *precisa dele*. Manter o Padrão é o motivo pelo qual nasceu, e isso precisa ser feito. Ele estava bem quando o controle de Rayal ainda estava assegurado. Agora... Rayal faz de tudo para se manter vivo, mas talvez fosse melhor para as pessoas que não se desse ao trabalho.

As pessoas precisam de um novo Mestre do Padrão e, acredite, Coransee pode sentir essa necessidade. Mas não ousa fazer nada a respeito até Rayal desistir.

— Você parece achar que sabe muito sobre o tema.

— Sou uma boa curandeira. Não posso evitar saber.

— Se estiver certa, fico com a impressão de que não há mais mal em Coransee do que em Jason e, provavelmente, em muitas outras pessoas desta Casa. Estão todas confinadas aqui com pessoas distantes delas no Padrão, e lhes foi negado o direito de fazer um trabalho que lhes pareça significativo, além de outras coisas importantes.

Ela assentiu.

— E você percebe o que isso faz com elas, o que as leva a fazer. Pense no mal que Coransee poderia causar se realmente se rendesse à própria frustração.

— Não pense que não está cedendo só porque você é capaz de vê-lo.

— Você ainda está vivo.

Ele levantou-se em um salto e a encarou, perguntando-se quanto ela sabia.

— Tudo bem. Mas se ele pode negligenciar a própria Casa, como obviamente faz, e permitir o tipo de perversão que se passa aqui, tenho até medo de pensar no que fará se assumir a grande responsabilidade de manter o Padrão.

— Não precisa ter medo. Assim que ele tiver o Padrão, assim que o desejo de obter o Padrão deixar de consumi-lo, ele será capaz de se acalmar e cuidar dos pormenores para proteger e liderar o povo. Do mesmo modo como protegeu e liderou esta Casa antes que a saúde de Rayal piorasse.

— Você é suspeita para falar — respondeu Teray. — Preocupa-se com ele. Pode inventar desculpas para ele.

Ela encolheu os ombros.

— Há mais alguma coisa que eu possa lhe dizer para ajudar com seus silentes? — Ela estava se levantando para sair.

— Não. Acho que vou levar esta aqui de volta ao quarto dela. — Olhou para Suliana e depois para a refeição que havia providenciado. — Ela não deveria comer?

— Quando acordar. Por que não a deixa aqui? Ela está bem o bastante.

— Cuide da sua vida.

Ela riu e depois ficou séria.

— Apenas a deixe longe de Jason. Para mim, isso já basta. — Ela saiu pela porta, deixando Teray seguindo-a com os olhos de cenho franzido. Ela estava perto dele no Padrão. Tão perto que teria sido capaz de estabelecer uma comunicação livre e sem esforço com ela, quase involuntária. Na verdade, Teray teve de fazer um esforço consciente para evitar a comunicação depois de aceitar mentalmente as informações dela. Era melhor se manter longe. Se conseguisse descobrir alguma coisa que pudesse ajudá-lo a enfrentar Coransee, não queria dar essa informação a ela inadvertidamente só porque se comunicavam com tanta facilidade.

Ele voltou a olhar para Suliana, depois buscou Jason pela Casa. O homem estava em seu quarto, dormindo tranquilamente. Teray partiu em sua direção.

Três minutos depois, Jason estava totalmente desperto e protestando, indignado, do chão, onde Teray o atirara depois de o arrastar para fora da cama. Jason não estava ferido, nem com medo. Estava com raiva. Com raiva suficiente para atacar Teray sem que notasse o que o Padrão poderia ter revelado sobre a força de Teray. Jason era forte, de acordo com o Padrão; no entanto, teria sido prudente descobrir tudo que fosse possível a respeito de seu oponente antes de atacá-lo.

Mas Teray não queria que ele fosse prudente.

Teray absorveu o primeiro golpe frenético e imediatamente rastreou sua origem, atravessando a blindagem de Jason. Jason era forte, sim, mas não tinha agilidade. Teray logo o conteve, deixando-o tão vulnerável como ele havia deixado Suliana. Teray ampliou a própria blindagem e com ela envolveu

Jason, para que não pudesse pedir ajuda. Depois, silenciosa e metodicamente, Teray bateu no homem enquanto o mantinha consciente. Bateu nele até que lhe implorasse para parar, e continuou até que o homem não tivesse mais forças para implorar.

Por fim, Teray lhe transmitiu um pensamento de despedida e o deixou perder a consciência. *Encoste em mais algum dos meus silentes*, comunicou, *e verá como fui gentil com você.*

Jason desmaiou sem responder. Não havia ficado com nenhum problema permanente, nenhum ferimento físico. Mas Teray garantira que ele experimentasse o mesmo sofrimento que causara a Suliana.

Quando Teray voltou a seu quarto, Suliana estava acordada e comia com avidez. Ela ergueu os olhos assustada quando ele entrou, e ele sorriu para tranquilizá-la.

— Achei que teria de carregá-la de volta para seu quarto — disse.

— Não preciso voltar para o Jason? — A voz dela era fraca, hesitante.

— Não precisa voltar para o Jason. Nunca mais.

— Não pertenço mais a ele?

— Isso mesmo.

Ela suspirou.

— Jackman me disse isso uma vez.

— Eu não sou o Jackman. E depois da... discussão que acabei de ter com Jason, acho que ele não vai mais incomodá-la.

Ela o olhou parecendo incerta, como se ainda não soubesse se devia acreditar nele. Teray poderia ter acalmado a mente dela imediatamente, com facilidade, ordenando que acreditasse, ordenando até que se esquecesse por completo de Jason. Era assim que geralmente se lidava com silentes. Teray preferiu deixar que ela chegasse a essa conclusão sozinha. Descobriu-se avesso a interferir na mente de silentes além do que era absolutamente necessário. Eram pessoas inteligentes. Podiam pensar por si mesmas se lhes fosse dada a oportunidade.

— Se não preciso voltar para Jason — ponderou Suliana —, por que não posso ficar aqui?

Teray lhe lançou um olhar surpreso antes de a analisar com atenção. Ela era pequena e magra, magra demais, na verdade. Mas tinha uma beleza atraente, quase pueril. E não houvera ninguém desde Iray.

— Pode ficar, se quiser — respondeu ele.

Ela ficou.

A princípio, ele se preocupou com a possibilidade de ser descuidado e machucá-la, mas se programou com base nas memórias que obtivera de Jackman, tornando automáticas as restrições de sua autoprogramação. Suliana desfrutou da pequena quantidade de estímulo mental que era capaz de tolerar, e Teray desfrutou tanto do prazer dela quanto do próprio. Não tinha relações sexuais com uma silente desde antes de sua transição. Descobriu naquele momento que estava perdendo muita coisa tanto mental como fisicamente.

No dia seguinte, Suliana levou os poucos pertences que tinha ao quarto dele. Amber se aproximou para ver como ela estava, viu que estava confortavelmente acomodada com Teray e deu um sorriso largo.

— Exatamente o que você precisa — falou para Teray. — Achei que você talvez seguisse meu conselho.

— Gostaria que você seguisse o meu e cuidasse da sua vida — respondeu ele.

— Estou cuidando. Sou uma curandeira, lembra?

— Não preciso ser curado.

Ela entrecruzou as mãos com firmeza e as colocou diante de si.

— Eu mal o conheço — falou. — Mas você sabe muito bem que estamos assim no Padrão. — Ela estremeceu as mãos entrelaçadas — Por isso, não espere que eu acredite quando mentir para mim.

Ela examinou Suliana brevemente e desceu as escadas sem dizer mais nada a Teray.

E, à medida que as semanas passavam, Teray, em seu prazer com Suliana e em seu novo interesse pelo trabalho, começou a se encher de vida outra vez. Relutou, mas admitiu a si mesmo que Amber estava certa. De certo modo, ele precisava de uma espécie de cura.

Agora, curado, começava a pensar em deixar o Setor Redhill. Escaparia, fugiria para um setor em que Coransee tivesse menos influência. Não estava certo de que isso adiantaria caso Coransee sucedesse Rayal. Na verdade, talvez de nada adiantasse, já que os Preceptores seguiam a tradição de devolver os fugitivos alheios. E havia ainda a maior questão de todas: saber se fugir era possível.

Parecia-lhe que, desde tempos imemoriais, era perigoso demais se arriscar a viajar por entre setores sozinho. As pessoas se deslocavam pelos limites dos setores em bando, quase sempre em grupos com quinze ou mais se fosse possível. Até mesmo Amber, se conseguisse se desvencilhar de Coransee, provavelmente se juntaria a uma das caravanas de viajantes que às vezes passava pelo setor. Mas Teray não seria bem-vindo em uma caravana. Ninguém que conhecesse Coransee ajudaria, por vontade própria, na fuga de alguém da Casa dele.

Antes dos clayarcas infectarem Rayal com sua doença, as pessoas viajavam livremente e com segurança de uma ponta a outra do Território Padronista. Até silentes viajavam sós, transportando mercadorias entre os setores e fazendo peregrinações à Casa do Padrão. Mas agora... Ao sair de Redhill, Teray talvez estivesse cometendo suicídio. Ficar, porém, era garantia de suicídio. Coransee poderia se cansar da espera e decidir matá-lo antes do tempo caso ele ficasse por ali.

Mas se fosse embora, se fosse para Forsyth, por exemplo... A ideia pareceu vir a calhar, como se nunca tivesse existido outro destino para ele.

Forsyth, o local de surgimento do Padrão, o lar do Mestre do Padrão. Coransee não teria como tirar Teray de Rayal se Rayal fosse persuadido a abrigar Teray. Com certeza o Mestre ficaria ressentido com Coransee por competir pelo Padrão enquanto ele ainda estava vivo. Na verdade, Teray conseguia até se lembrar de algum tipo de lei que proibia este tipo de competição prematura. Se ao menos Teray conseguisse chegar a Forsyth para fazer seu apelo. Uma vez na Casa de Rayal, ele também poderia obter o conhecimento que Coransee vinha escondendo dele. Poderia receber um treinamento adequado para tornar o resultado de sua próxima batalha com Coransee menos previsível. Caso o próprio Rayal não pudesse oferecer o treinamento, talvez um de seus assessores o fizesse. Até mesmo eles eram pessoas altamente capazes.

Teray começou a manusear pedras de aprendizagem que relatavam viagens, que mostravam a área entre Redhill e Forsyth. Memorizava tudo o que encontrava: rotas e setores que teria de margear. Não pôde memorizar a localização dos assentamentos dos clayarcas porque eles não tinham assentamentos fixos dentro do Território Padronista. Eram nômades, vagando em tribos imensas, fixando-se apenas pelo tempo de consumir a comida de uma área. Na verdade, eram conhecidos por se alimentarem de padronistas. Mas um padronista era uma refeição cara, que custava a vida de muitos clayarcas. De qualquer forma, era uma refeição ritualística, feita por motivos quase religiosos, não por fome. Os clayarcas consumiam carne padronista para demonstrar, simbolicamente, como pretendiam, um dia, consumir toda a raça padronista.

4

Alguns dias depois de decidir fugir, Teray viu o clayarca. Foi como um sinal, um alerta. Teray havia levado várias pedras de aprendizagem para longe da Casa para estudar em meio à privacidade e à solidão de um pomar. Ficou tão envolvido com as pedras que negligenciou a própria segurança. Não houvera problemas com clayarcas dentro do setor desde o dia que deixara a escola; ainda assim, não havia justificativas para seu descuido. Deixar um clayarca passar quase despercebido…

Normalmente, ao se afastar das construções da propriedade de seu Preceptor, um padronista ampliaria a própria consciência à sua volta como uma cobertura. Assim que aquela cobertura, com cerca de cem metros de diâmetro, esbarrasse em uma criatura de tamanho humano, o padronista seria avisado. Felizmente, os clayarcas não possuíam nenhuma das habilidades mentais dos padronistas e dependiam completamente de seus sentidos físicos. Infelizmente, a doença da *Arca de Clay* causou uma mutação tão devastadora nos genes humanos que fez com que silentes antes normais gerassem crianças com a conhecida aparência de esfinge e mantivessem a mente dessas crianças fora do alcance dos padronistas. Apenas o corpo dos clayarcas era vulnerável. Da mesma maneira que o corpo dos padronistas era vulnerável aos clayarcas. Teray retrocedeu ainda mais para trás da árvore que, até então, o escondia do clayarca.

A criatura, que era do sexo masculino, agora se apoiava em três patas enquanto usava a quarta para comer. Teray percebeu-se observando, fascinado, comparando a criatura à estatueta de Laro. Nunca tinha visto um clayarca vivo tão de perto antes. E agora que estava ciente da criatura, ciente de que ela estava desacompanhada, ela não poderia agir com rapidez suficiente para feri-lo. Mas o clayarca estava armado. Tinha o costumeiro rifle pendurado nas costas, a coronha projetando-se sobre o ombro para que pudesse ser facilmente agarrada.

A criatura jogou algo no chão e Teray viu que era uma casca de laranja. Sem dúvida o clayarca andava roubando os pomares de Bryant, um vizinho de Coransee que cultivava frutas. O clayarca também levava algo parecido com alforjes às costas. As sacolas estavam abarrotadas, provavelmente de frutas roubadas.

O clayarca era como uma versão em tamanho real da estatueta de Laro, bastante musculoso, bronzeado, magro, de cabeça humana e um corpo quase leonino. Movia-se com a graça ágil de um gato e usava um toucado dourado-avermelhado para compensar a falta de juba. Por não ter pelos, também usava roupas: a pele de algum animal fixada nas ancas e outra enrolada no torso, provavelmente para diminuir a pressão da carga carregada.

Mas o mais inacreditável eram aquelas patas dianteiras que também serviam como mãos. Para os clayarcas que se preocupavam em usar luvas de corrida, como as que aquela criatura usava, as mãos permaneciam flexíveis e humanamente macias. Clayarcas que não usavam luvas desenvolviam calos grossos que causavam a lendária falta de jeito da espécie.

Movido por uma súbita e imensa curiosidade, Teray conferiu a área mais uma vez, certificando-se de que o clayarca estava sozinho, depois levantou-se e saiu de seu esconderijo. Após um instante, a criatura o viu e congelou, encarando-o.

— Matar? — A voz era grave e rouca, mas inegavelmente humana.

— Não, a menos que me obrigue a fazer isso — afirmou Teray.

— Não matar? — O clayarca se sentou sobre as patas traseiras como um gato. — Por quê?

— Não sei — admitiu Teray.

— Garoto? Estudante?

Teray sorriu de modo sombrio, estabeleceu comunicação e contraiu os músculos da pata dianteira direita da criatura. O clayarca arquejou pela dor repentina da cãibra, quase desabou, endireitou-se e olhou para Teray com ódio silencioso.

— Homem adulto — disse Teray. — Por isso, não faça nenhuma idiotice.

— Que quer?

— Nada. Só ouvi-lo falar.

A criatura parecia desconfiada.

— Sua língua... Não muito.

— Mas a entende.

— Viver.

— Se quer viver, é melhor parar de roubar em Redhill. Os senhores daqui já estão atrás do seu povo.

O clayarca encolheu os ombros. Nele, o gesto parecia estranho.

— Por que nos atacam? Nós não os mataríamos se vocês nos deixassem em paz. — Ele sabia a resposta, mas se perguntava se o clayarca a sabia.

— Inimigos — respondeu a criatura. — Não pessoas.

— Vocês sabem que somos pessoas.

— Inimigos. Terra. Comida.

Então ele sabia, ao menos indiretamente. Os clayarcas sempre precisavam de mais terra e comida. Esgotavam praticamente tudo o que obtinham quase tão rápido quanto conseguiam recursos.

— É melhor ir embora — avisou Teray. — Antes que outro padronista o encontre e o mate.

A criatura se levantou e passou vários segundos encarando Teray.

— Rayal?

Pela primeira vez, Teray não entendeu. Franziu a testa.

— O quê?

— Você... seu pai. Rayal?

Teray teve a presença de espírito de não responder.

— Vá, eu já disse.

Como um gato, a criatura saltou em direção ao limite sudoeste do setor.

Teray ficou onde estava, perguntando-se como um clayarca tinha conseguido reconhecê-lo como filho de Rayal. Bem, Coransee disse que Teray se parecia com Rayal, e os clayarcas viram Rayal bem de perto uma vez, anos antes. Alguns deles até sobreviveram para contar a história. Um deles talvez tenha sobrevivido para fazer um retrato.

Vetores da doença que eram, eles deliberadamente mutilaram Rayal, mordendo-o para lhe transmitir a única doença que nenhum curandeiro padronista poderia curar: a doença da *Arca de Clay*. Será que agora estavam procurando os filhos dele, os possíveis herdeiros dele, para com eles repetir o feito? Fora por isso que tinham invadido a Casa de Coransee para começo de conversa?

Teray expandiu sua percepção, procurando descobrir a direção que o clayarca havia seguido. Esquadrinhou a área, procurando, revistando, mas o clayarca havia sumido. Esta era uma das dificuldades dos padronistas: não eram capazes de alcançar a mente dos clayarcas. Só conseguiam localizar clayarcas que estivessem fisicamente próximos, próximos o bastante para serem tocados pela cobertura ampliada da consciência. A cobertura de Teray era muito mais extensa do que o normal porque Teray era forte. O clayarca deve ter tirado tudo e um pouco mais de seus músculos ágeis para sair do alcance com tamanha rapidez. Teray desejou tê-lo matado quando teve a oportunidade.

* * *

Horas depois, quando Teray caminhou de volta até a sede, sentiu algo diferente na atmosfera da Casa. Havia vários desconhecidos na sala comunal com os habituais grupos de silentes, forasteiros e mulheres. A primeira coisa que pensou foi que os clayarcas tivessem causado algum tipo de problema e por isso Coransee havia pedido ajuda. Mas tudo parecia relaxado demais para isso. Os desconhecidos estavam esparramados preguiçosamente, descansando, sendo entretidos por uma pedra ou uma estatueta, ou tentando seduzir integrantes da Casa de Coransee.

Teray passou os olhos pela sala e viu Amber profundamente imersa no conteúdo de uma pedra de aprendizagem. Aproximou-se dela e tocou-a levemente no pulso para que ela se desse conta de sua presença.

Ela deu um salto e olhou para os lados como alguém que acabara de acordar. Então ela o viu e colocou a pedra de lado.

— Acho que você pode ter voltado bem a tempo — disse.

— Por quê? O que está acontecendo?

— Seu amigo Joachim. Ele trouxe um dos assessores de Rayal para cá. Acho que não foi muito inteligente da parte dele, mas acredito que fez isso por você.

Ele franziu a testa para ela.

— Por que pensaria isso?

— Você quer dizer: como posso saber alguma coisa sobre isso?

— Sim!

Ela hesitou.

— Bem, você também pode saber. Lembra-se daquele ataque cardíaco que Coransee lhe causou na noite que você chegou?

Ele não disse nada, olhou-a com compreensão e humilhação.

— É muito mais fácil ferir ou matar do que curar — disse ela. — Principalmente curar alguém além de si mesmo. Coransee foi obrigado a me chamar para salvar a sua vida. Não fiz nenhuma pergunta naquele momento, mas fiz mais tarde, depois do que ocorreu com Suliana. E Coransee as respondeu.

Teray se afastou dela com repulsa. Ela o pegou pelo braço antes que ele pudesse sair de perto e segurou-o apenas um instante além do necessário. A comunicação entre eles se ampliou, silenciosa, surpreendentemente fácil. Nenhuma informação foi trocada. Havia apenas a unidade inesperada, mais próxima do que Teray jamais havia experimentado e, certamente, mais próxima do que ele desejava.

Amber soltou o braço dele, desfazendo a união. Não foi uma interrupção brusca, mas uma que pareceu desvanecer aos poucos até que Teray voltasse a ficar sozinho consigo mesmo.

— Eu não fui perguntar por mera curiosidade — falou ela.

Ele demorou um ou dois segundos para se lembrar do que ela estava falando. Àquela altura, já não se importava.

— Escute — disse, afastando-se dela e esfregando o braço. — Escute, não faça isso de novo. Nunca mais.

— Tudo bem.

Ela concordou depressa demais. Ele não confiava nela. Mas antes que pudesse reforçar o que dissera, recebeu um chamado de Coransee. Ele se virou sem dizer palavra e se afastou de Amber.

À medida que avançava, ele tentava se libertar da unidade partilhada. Deveria ter se lembrado de sua própria resolução de se manter longe de Amber, a menos que precisasse dela como curandeira. E se ela, acidentalmente ou não, tivesse descoberto o plano dele de fugir? Mas não, assim como ele não recebera nada dela, ela não descobrira nada sobre ele. Ela não estava tentando bisbilhotar seus pensamentos. Ele teria se blindado automaticamente. Ela vinha tentando um pouco da sedução que lhe era própria. Ele se perguntava se ela ouvira seu "não".

No escritório de Coransee, o próprio Preceptor o esperava com Joachim e outro homem, que tinha a mesma constituição sólida de Joachim, mas era vários anos mais velho.

— Teray, este é Michael. — Coransee gesticulou em direção ao desconhecido. — Ele é um assessor da Casa de Rayal.

Ainda em pé, Teray olhou para o homem e sentiu nele uma força sólida, uma surpreendente proximidade consigo dentro do Padrão e uma maturidade tranquila. O homem poderia ter sido um Preceptor muito competente, supôs. Mas os aprendizes da Casa do Mestre do Padrão muitas vezes optavam por permanecer como assessores e nunca tentavam formar suas próprias Casas. Ao que parecia, consideravam prestígio suficiente trabalhar como funcionários de Rayal. E Rayal, por mais poderoso que fosse, ainda precisava de servos poderosos e impressionantes. Michael sem dúvida era ambas as coisas.

— Teray — cumprimentou Michael em voz baixa. — Tenho algumas perguntas a lhe fazer. Primeiro, porém, quero que você saiba o que aconteceu. Joachim, que foi seu Preceptor por um curto período, acusou Coransee, em primeiro lugar, de obrigá-lo a entrar ilegalmente para esta Casa quando você ainda estava sob a proteção da escola. Portanto, acusa Coransee de traficar crianças da escola.

Teray estremeceu por dentro.

— Em segundo lugar, de já estar competindo pelo Padrão, antes do início legal da competição... Enquanto o Mestre do Padrão, Rayal, ainda está vivo.

— É verdade — respondeu Teray. — Eu era aprendiz de Joachim, tecnicamente ainda estava na escola. Coransee me obrigou a entrar para a Casa dele como forasteiro, para me impedir de competir com ele pelo Padrão.

— Por que diz que é esse o motivo pelo qual ele o obrigou a entrar na Casa?

— Ele me disse.

Até Joachim pareceu surpreso.

— Então está claro — interveio. — Coransee estava competindo pelo Padrão antes do tempo.

Michael voltou-se para Coransee.

— Eu poderia investigar os pensamentos do garoto em busca de confirmação, mas preferia não ter de fazer isso.

Coransee deu de ombros, de modo quase indolente.

— Se espera que eu confirme tudo isso, terá de investigar os pensamentos dele. É verdade até certo ponto, é óbvio.

Tirei Teray de Joachim. E Joachim aceitou o pagamento por ele. Aceitou um jovem artista muito bom que eu acabara de adquirir. Afirmo que se tratou de uma troca legal.

— Legal… Vá para o inferno! — reagiu Joachim. — Não existe maneira legal de trocar um aprendiz.

— Por que você o trocou, então, se ele era um aprendiz? — Ocorreu a Teray que Coransee era mais perigoso quando parecia mais relaxado. Era nessas ocasiões que tinha uma surpresa preparada.

— Você me forçou a fazer a troca — acusou Joachim. — Contei ao assessor Michael sobre o controle que você tem sobre mim. Isso me envergonha, mas é um fato. Não sacrificarei a liberdade de Teray fingindo que esse controle não existe.

— Você sacrificou a chamada liberdade de Teray meses atrás, Joachim. Você a sacrificou em nome de sua própria ganância.

— Vou me abrir para o assessor Michael para provar que você me forçou a fazer a troca!

— Abra. O assessor Michael verá que o forcei a desistir de Teray… Como de fato fiz. Mas não fiz absolutamente nada que o forçasse a receber o pagamento por ele. Você poderia ter desistido dele com facilidade, como eu exigi, sem receber pagamento, e depois ter ido reclamar com Rayal se sentisse que foi forçado a fazer algo ilegal. Em vez disso, você fez uma troca lucrativa por um artista valioso. Agora você volta tentando tirar de mim o preço que pagou por aquele artista.

Joachim o olhou incrédulo, a compreensão revelada em seus olhos. Ele se levantou.

— Seu filho da puta mentiroso. Seu filho de uma puta clayarca…

Coransee continuou como se não tivesse sido interrompido.

— É óbvio que apenas forasteiros podem ser trocados legalmente. E, Joachim, você claramente trocou Teray. Aceitou o pagamento por ele. Como poderia ter feito isso se de fato o considerasse um aprendiz?

Desamparado, quase deplorável, Joachim virou-se para Michael.

— Assessor, ele oculta seu crime atrás de detalhes técnicos. Leia minhas memórias. Veja o que realmente aconteceu.

Havia algo muito parecido com deboche no olhar que Coransee lançava para Joachim. Depois dirigiu-se para Michael.

— Assessor, qual é a pena pelo crime de que sou acusado? Negociar crianças, quero dizer.

— A perda de... Sua Casa. — Michael olhou para Joachim.

Coransee assentiu.

— Um Preceptor que troca um aprendiz, ou aceita um em uma troca, perde sua Casa. Obviamente, porém, um Preceptor pode trocar quantos forasteiros quiser. — Nesse momento, olhou para Joachim. — E, sem dúvida, qualquer jovem pós-transição que um Preceptor acolha fora dos portões da escola pode ser classificado como forasteiro.

Joachim recostou-se e apoiou a cabeça em uma das mãos.

— Meu Deus, não acredito nisso.

A boca de Michael era uma linha reta e fina.

— Senhor Joachim, foi o senhor que fez a acusação. Há alguma parte que deseje retirar agora?

Joachim deu uma gargalhada um tanto frenética.

— Você está concordando com ele. Quer que ele saia impune.

Michael parecia angustiado.

— Senhor Joachim, recebeu um artista em troca deste garoto, Teray?

— Eu nunca o teria levado se... Oh, inferno. Sim, recebi o artista. Mas, veja, eu o devolvo se você...

— Caso a troca seja legal, isso é entre você e Coransee, Senhor Joachim. Agora está dizendo que o acordo era legal, que Coransee não o forçou a ficar com o artista?

— Merda — murmurou Joachim. — Eu retiro a acusação. Pelo menos essa parte. — Lançou um olhar furtivo para Teray.

Teray logo percebeu que aquele era o momento de se vingar de Joachim, caso quisesse. Suas próprias lembranças provariam que Joachim havia negociado um homem que reconhecia como seu aprendiz. Não importava se Joachim conseguiria fazer Coransee se abrir, as memórias de Teray seriam suficientes. Ele poderia fazer com que Joachim perdesse sua Casa. Mas não era só isso: a atitude poderia garantir a liberdade de Teray. Joachim perderia sua Casa, Teray poderia ficar livre e Coransee... Com certeza Coransee merecia perder sua Casa, muito mais do que Joachim. Ele poderia de fato perdê-la no período de menos de um ano que Rayal ainda tinha de vida. É claro que, no meio-tempo, Teray teria liberdade para aprender. Poderia viajar em segurança para Forsyth e estudar na Casa de Rayal. Mas em nome dessa possível liberdade, teria de sacrificar Joachim. Não havia como contornar isso.

E, de certa forma, apesar de sua estima por Joachim ter sido claramente afetada, ele não seria capaz de destruir o homem.

Percebeu que Michael e Coransee, assim como Joachim, encaravam-no como se esperassem sua decisão. Ele os olhou nos olhos por um momento, depois foi até uma cadeira que ficava ao lado da mesa de Coransee e se sentou.

— E a outra acusação? — disse em tom de repulsa.

Joachim pareceu relaxar, com os olhos fechados de alívio. Michael estava impassível e Coransee parecia quase entediado. Ele brincava de modo desinteressado com um cubo de pedra lisa, provavelmente uma pedra em branco ainda sem nada gravado. Talvez estivesse gravando algo nela naquele mesmo instante.

— A outra acusação — respondeu Michael, cansado. — Competir pelo Padrão antes que a competição esteja aberta.

— Eu nego. — Foi tudo que Coransee disse.

Michael franziu a testa.

— Nega ter trazido Teray para sua Casa a fim de impedi-lo de competir com você pelo Padrão?

— Sim.

Teray endireitou-se, querendo discutir, querendo condenar Coransee por ser o mentiroso que era, mas o destino de Joachim o fazia ter cautela. Esperou para ver como Michael lidaria com aquilo.

— Teray — falou o assessor —, você afirma que Coransee lhe disse que pretendia impedi-lo de competir?

— Sim, assessor.

— E como ele planejava fazer isso?

— Controlando-me, assim como Joachim é controlado, ou me matando... caso eu me recusasse a ser controlado.

Michael virou-se ligeiramente na cadeira para encarar Teray diretamente.

— Então, você é controlado?

— Não. Recusei o controle. Ele me deu tempo para mudar de ideia. — De imediato, Teray desejou ter omitido a frase que acabara de falar.

— Quanto tempo, Teray? — Era Coransee quem perguntava.

Michael o olhou surpreso.

— Senhor Coransee, está admitindo que empregou tal intimidação?

— Sim. Ainda que não pelo motivo alegado por Teray. Mas mesmo que eu tivesse ameaçado Teray, como ele diz... Responda à minha pergunta, Teray. Quanto tempo dei a você?

Não fazia sentido dizer nada além da verdade. Estava gravada em sua memória, e não era tão bom em distorcê-la quanto Coransee.

— Teray?

— O Senhor me deu o tempo que ainda resta a Rayal.

— O tempo que ainda resta a Rayal. E, claro, quando Rayal morrer, a competição pelo Padrão se abre.

Teray enfureceu-se em silêncio, vendo a expressão de derrota que surgiu no rosto de Michael. A segunda acusação foi eliminada ainda mais rapidamente que a primeira. Teray permitiu que sua mente relembrasse aquela manhã, o café da manhã que tomara com Coransee, tentando encontrar alguma verdade que pudesse contar ou distorcer. Não havia nada. Ele mesmo era capaz de pensar em contra-argumentos para dispensar qualquer argumento que pudesse apresentar.

Teray olhou para Joachim.

— Obrigado por tentar — disse baixinho.

— Ele tem o dom da oratória — falou Joachim. — Entre outras coisas.

Michael mexeu-se na cadeira e disse a Coransee:

— A menos que alguém tenha lembranças que provem o contrário, a acusação feita contra o Senhor foi refutada. Mas há algo que gostaria de saber por curiosidade pessoal. A sentença de morte de Teray ainda está valendo?

— Está.

— Por quê?

— Pelo mesmo motivo que Rayal, o Mestre do Padrão, matou os mais fortes de seus irmãos e sua irmã. Mesmo que eu conquiste o Padrão, descontrolado, Teray pode se tornar um perigo para mim. Ele vai se submeter ao meu controle; do contrário, morrerá.

— Entendo. — Michael abaixou a cabeça por um instante e depois olhou para Teray. — Você não precisa responder se não quiser, Teray, mas me pergunto se você acha que, com o tempo, conseguirá aceitar os controles mentais.

— Nem mesmo se ele fosse me matar agora mesmo — afirmou Teray. — Ainda mais depois desta oportunidade de vê-lo em ação.

Aquilo foi imprudente. Teray se perguntava por que insistia em falar de forma tão descuidada enquanto ainda estava na Casa de Coransee. Talvez as mentiras do Preceptor o tivessem irritado mais do que deveriam. Afinal, em uma situação daquelas, mentiras eram o que deveria esperar de Coransee. Mas Coransee havia se preparado para suas mentiras muito antes de contá-las. Ele falou baixinho:

— Assessor, se não tem mais nada a dizer a meu forasteiro, gostaria de falar-lhe em particular.

E assim, tudo terminou. Teray e Joachim foram dispensados para que Michael e Coransee pudessem discutir assuntos mais importantes.

Na sala comunal, Joachim disse a Teray:

— Também devo lhe agradecer.

Teray deu de ombros.

— O trabalho que tive para trazer aquele Michael até aqui! — continuou Joachim. — E tudo o que fizemos foi proporcionar a Coransee alguns momentos de diversão.

— Não importa.

Joachim o olhava de modo estranho.

— Estou mais chateado com isso do que você.

Teray não disse nada, seu rosto estava cautelosamente inexpressivo. Não queria mentir para Joachim, mas não podia confiar nele. Joachim era um homem de Coransee, querendo ou não.

Joachim deve ter entendido. Ele mudou de assunto:

— O que Coransee prometeu se você se submeter ao controle dele?

— Esta Casa.

— Esta! — Joachim apenas exalou a palavra. Passou os olhos pela sala imensa. — Ele deve estar certo de que vai conquistar o Padrão.

— Acho que está.

— Se você puder resistir a isso...

— Eu posso. Estou resistindo.

— Teray... Na maioria das vezes, os controles não são tão ruins. E quando ele tiver todo o Padrão para mantê-lo ocupado, terá ainda menos tempo para se preocupar com você.

Teray o ignorou e verificou se Amber ainda estava ali pela sala. Ela tinha saído.

Ótimo.

— Joachim, você conhece uma mulher chamada Amber?

— Teray, ouça! Você não estaria renunciando ao que eu renunciei ao me submeter. Ele me transformou em uma espécie de fantoche político. Mas quando ele for o Mestre do Padrão, não vai precisar fazer coisas desse tipo com você. Você será quase independente. E estará vivo.

Teray sacudiu a cabeça lentamente, mantendo os olhos fechados por um instante.

— Não consigo fazer isso, Joachim. Não conseguiria viver em paz. Uma coleira longa ainda é uma coleira. E Coransee ainda estará na outra ponta, segurando firme. Agora, você conhece Amber?

— Tudo bem, mude de assunto. Cave a própria cova. Sim, eu conheço Amber. O que quer saber sobre ela?

Teray franziu a testa.

— Qualquer coisa que saiba a respeito dela que não seja pessoal. Ela diz que é independente.

— E é. Uma mulher estranha. Saiu da escola há somente quatro ou cinco anos, mas conseguiu matar um homem, um Preceptor, antes mesmo de passar pela transição. Deveria perguntar a ela sobre isso. É interessante.

— Não tenho dúvida — murmurou Teray. — Mas, veja, qual é a probabilidade de ela sair correndo para contar a Coransee qualquer coisa incomum que escute?

Joachim balançou a cabeça devagar.

— Absolutamente nenhuma. Ela gosta de Coransee, mas não faz nenhum esforço a mais para impressioná-lo. Ela cura os que precisam e fica fora dos assuntos da Casa.

Por dentro, Teray nutria a esperança de que ele estivesse certo. Ela captaria alguma coisa com facilidade. Independentemente do que acontecesse, ele tinha que partir logo.

Pegou-se desejando poder falar em particular com Michael, mas sabia que de nada adiantaria. Mesmo que o assessor simpatizasse com ele, a lei realmente estava do lado de Coransee. Michael não podia mudar isso.

* * *

O assessor Michael ficou mais dois dias antes de seguir para o norte para tratar de outros negócios de Rayal. Norte. Forsyth ficava 480 quilômetros ao sul. Teray não tinha sequer esperança de partir atrás de Michael e tentar se juntar ao grupo do assessor. De qualquer maneira, talvez essa não fosse uma boa ideia, já que significaria pedir a Michael que arriscasse a própria vida desafiando Coransee. Afinal, se as coisas ocorressem como Coransee esperava, Michael logo estaria sob o controle direto de Coransee.

Teray teria de partir sozinho. Percebeu que estava adiando a partida exatamente por esse motivo, porque a jornada lhe parecia cada vez mais como um suicídio. E o que deveria fazer em relação a Iray?

Não queria pensar a respeito daquilo. Estava com medo de falar com Iray, com medo de que ela não quisesse deixar Coransee, com medo de que seu aparente interesse pelo Preceptor pudesse ser verdadeiro. E mesmo que não fosse (afinal de contas, ela manteve a palavra e não mudou de nome), como ele poderia lhe pedir que voltasse a se arriscar com ele? Como poderia tirá-la dali correndo o risco de que ela acabasse morta? Então, estranhamente, foi Amber quem lhe deu esperanças.

Ela o estava esperando no quarto dele na noite seguinte à partida de Michael. Ele a encontrou olhando pela janela quando entrou.

— Ótimo — disse ao se virar e vê-lo. — Preciso falar com você.

— Você veio até aqui para falar comigo?

— Foi necessário. Tenho uma mensagem de Michael para você. — E, de repente, ele era todo ouvidos.

— Por que Michael lhe daria uma mensagem para mim?

— Porque eu me ofereci para transmiti-la. Eu e ele somos velhos amigos, então confiou em mim. Não podia transmiti-la a você diretamente.

— Por que não?

— Meu Deus, você deve mesmo estar preocupado com alguma coisa. Não tem ideia de como Coransee ficou observando-o com atenção nos últimos dois dias, assim como fez com Michael?

Teray foi até a cama, sentou-se e tirou os sapatos.

— Não percebi. Provavelmente foi bom não ter percebido.

— Michael achou que você não viveria por muito mais tempo se tivesse demonstrado algum interesse especial por você. Haveria algum tipo de acidente. Você sabe.

Teray estremeceu. Ele não sabia. Nem tinha pensado nessa possibilidade. Era verdade, porém, que a atenção pessoal de Michael poderia levar à atenção pessoal de Rayal. E com certeza Coransee não gostaria que Rayal tivesse a oportunidade de prestar atenção a outro filho potencialmente poderoso.

— Qual é a mensagem? — perguntou a Amber.

— Que você terá abrigo em Forsyth, se conseguir chegar lá por conta própria.

No instante de completa surpresa que se seguiu às palavras dela, ele fez o que mais temia e traiu-se diante dela. Seu anteparo escapou-lhe, não muito e só por um instante. Coransee teria dificuldade em ler alguma coisa em tão pouco tempo. Mas Amber parecia saber como usar a proximidade entre eles. Ela leu tudo.

— Bom. — Ela sorriu. — Ao que parece, trouxe-lhe notícias melhores do que eu imaginava. Na verdade, justo a notícia de que precisava.

Teray abandonou todo o fingimento. Agora, ou ela o denunciaria, ou não. E Michael julgou adequado confiar nela.

— O que eu realmente preciso — disse ele — é de alguns bons lutadores para me acompanhar. Contei doze mulheres e forasteiros viajando com Michael.

— Quinze — corrigiu ela. — Vai levar Iray com você?

— Ainda não sei. Aparentemente... — Ele parou de falar e ficou olhando para Amber. Ela ainda era apenas uma conhecida. Alguém com quem dormir, talvez, mas não alguém com quem poderia conversar sobre seus problemas pessoais. Mas, pensando bem, por que não? Era tão fácil. E quem mais havia ali? — Aparentemente, já fiz o suficiente a Iray.

— Não acho que tenha feito nada a ela. Joachim, sim; e Coransee, com certeza, sim. Mas você está prestes a fazer.

— Ao deixá-la... ou ao levá-la?

— Ao decidir por ela.

— Não quero que ela seja morta.

Amber encolheu os ombros.

— Se fosse comigo, eu ia querer decidir.

— Uma vez, eu disse a ela que não a deixaria aqui.

— Bom, isso é entre vocês dois.

— Só por curiosidade, o que você está tentando construir entre nós dois?

Ela sorriu de leve.

— Alguma coisa boa, espero.

— E quanto a Coransee?

— Sim. — Ela respirou fundo. — Ponto para você.

— O quê?

— Você se lembra de me dizer que esperava estar por perto no dia que eu tentasse deixar Coransee?

— Você tentou?

— Não. Mas deveria ter feito isso há algum tempo. Agora me tornei uma espécie de desafio para ele. Agora vou me estabelecer aqui como uma de suas esposas, querendo ou não. É o que ele diz. O que mostra que, em dois anos, não foi capaz de me conhecer muito bem.

— O que vai fazer?

— A mesma coisa que você. Viveremos mais se fizermos isso juntos.

Ele levou vários segundos para digerir a informação. Sentia principalmente alívio.

— Duas, quem sabe três pessoas viajando juntas. É melhor do que uma só, embora não muito melhor.

— Então vai perguntar a Iray?

— Sim.

— Ótimo. Nós vamos precisar dela.

— Nós. — Teray sorriu. — Gostaria que você fosse um pouco mais difícil de aceitar.

— Eu mesma desejarei isso quando chegar a hora de deixá-lo. Mas não desejo isso agora.

— Você vai passar a noite aqui.

— E quanto a Suliana?

— Acabei de me comunicar com ela. Ela vai dormir no antigo quarto dela, ou em qualquer outro lugar que queira.

— Então, eu fico.

O dourado de sua pele era mais claro por baixo das roupas. Cor de mel. A coroa de cabelo preto era mais macia do que parecia, e ela era mais dura do que aparentava ao toque. Ele teria de manter essa última informação em mente, se pudesse.

5

No dia seguinte, de manhã cedo, Teray deixou Amber dormindo em sua cama e desceu até a sala de jantar, onde captou a presença de Iray. Ele queria partir do princípio de que Iray não havia mudado. Não queria saber nada que ela não lhe contasse. E não queria julgá-la de antemão. Ela estava comendo com outra mulher e um homem na cabeceira de uma das longas mesas da sala quase vazia. A maior parte da Casa ainda não havia acordado.

— Preciso falar com você — disse a ela.

Ela o encarou com hesitação, quase relutante. Então, deu uma última mordida na panqueca, engoliu um pouco de suco de laranja e pediu licença aos amigos. Seguiram até a privacidade do pátio completamente vazio onde haviam conversado da última vez. Desde então, tinham se entreolhado e se recusado a olhar um para o outro, mas quase não tinham se falado.

Eles se sentaram em um dos bancos, e Iray ficou olhando para as próprias mãos cerradas.

— Desculpe — começou Teray —, mas preciso perguntar... Existe alguma maneira... de Coransee ouvir, através de você, o que digo?

— Não — disse ela baixinho. — Estou conectada a ele, mas só para que ele possa ter certeza de que eu e você... Que não temos relações sexuais.

— A conexão é só um alerta, então?

Ela assentiu.

— E não vou contar a ele nada que você não queira que ele saiba.

Ela lhe oferecia a mesma lealdade de sempre, mas, de alguma maneira, algo estava errado. Será que era apenas sua ligação com Coransee que a fazia torcer as mãos, que a fazia só querer olhar para ele em breves relances?

— Você vai se abrir para mim? — perguntou ele.

— Você não confia em mim — respondeu ela. Não havia nem surpresa nem raiva em sua voz.

— Confio em você... Confio em quem você era. Quero confiar em você agora.

— Pode confiar. Não vou me abrir para você, mas também não vou traí-lo.

— Ele a machucou? Fez algo que você não quer que eu...?

— Não, Teray. Por que ele iria me machucar?

— Então, o que aconteceu?

— Eu segui seu conselho.

Era isso. Todos os medos dele resumidos em quatro palavras. Ele não podia mais fingir que não a entendia.

— Comecei interpretando um papel — disse ela. — Um papel difícil. Depois... — Ela enfim o encarou, fatigada. — Depois ficou mais fácil. Agora não é mais um papel.

Teray não disse nada, não conseguia pensar em nada para dizer.

— Ele não é como eu pensava — continuou ela. — Achei que o poder que ele tem o havia tornado cruel e brutal, mas pelo contrário...

— Iray! — Ele não conseguia ficar parado ouvindo mais uma mulher inventar qualidades para Coransee. Especialmente Iray.

Ela o olhou, solene, sem que sua mente blindada escondesse por completo o fato de que não queria estar ali com ele. Ela havia acalmado as mãos agitadas, mas sua própria imobilidade revelava tensão, retraimento.

— Iray... E se houvesse uma saída? Para nós, quero dizer. E se você não tivesse de ficar com ele?

— Existe?

— Sim! — Ele tinha de confiar nela. Como podia esperar que ela acreditasse nele se não lhe contasse no que deveria acreditar? Ele havia falhado com ela uma vez. Duas vezes.

Ela tinha motivos para estar hesitante. Ele resumiu seu plano rapidamente, dando a ela a garantia que Michael lhe havia transmitido por meio de Amber, sem mencionar a própria Amber. Não era hora de turvar ainda mais as coisas.

Iray respirou fundo e balançou a cabeça.

— Clayarcas — respondeu. — Por todo o trajeto até Forsyth. Centenas de quilômetros cheios de clayarcas.

— Não é tão ruim — disse ele. — Poderíamos conseguir. Poderíamos...

— Não.

Ele ficou em silêncio por um momento prolongado. Saberia que ela estava falando sério se a olhasse. Em vez disso, olhou para o chão, para uma parede da Casa.

— Tudo bem. Na verdade, não posso culpá-la. Quase não lhe perguntei porque não me achava no direito de arriscar a sua vida assim como a minha, e não tenho esse direito, é óbvio. Mas disse que não a abandonaria. Tinha de perguntar se você queria correr o risco.

— Eu correria. Se quisesse ficar com você do modo como queria antes, eu correria.

Ele não disse nada, apenas a olhou.

— Você não pôde aceitar ser controlado por ele — continuou ela. — Ainda que a sua liberdade não fosse a única coisa em jogo, você não pôde aceitar.

— Você queria que eu fosse controlado... como Joachim?

— Não! Não, entendo o que você fez. É por isso que nunca o culpei, nunca tentei fazer com que mudasse de ideia. Eu sabia que você preferiria ser morto a ser controlado. Você fez o que tinha de fazer. Depois, me disse o que eu tinha de fazer. E estava certo nas duas vezes. Bem, agora fiz o que eu tinha que fazer. E foi bom, estou em casa. Eu vou ficar aqui.

Não havia nada que ele pudesse dizer a ela que não o atingisse também. Até mesmo a raiva que sentia era mais direcionada ao próprio desamparo e a Coransee do que a ela. Ele a havia imaginado com Coransee, até mesmo pensado que ela passaria a preferir Coransee. Mas nunca acreditou de fato que ela fosse capaz. Apesar de todo o poder de Coransee e da aparente atração que ele exercia sobre as mulheres, Teray nunca se permitiu acreditar nisso.

Ela tocou o braço dele e ele saboreou seu toque por um momento, depois se afastou. Ela ainda estava blindada para ele, e o toque não a deixou mais próxima. Ele poderia ter sentido mais prazer com o toque de Suliana, o toque de uma silente.

Ou de Amber.

— Teray — disse ela baixinho —, tenho de dizer a você que… — Ela parou de repente quando ele a olhou. — Sinto muito — continuou. — Pode não significar muita coisa para você agora, mas sinto muito.

Ele se levantou para ir em direção à porta da sala comunal.

— Espere! — Ela o segurou pelo braço novamente, dessa vez com um aperto do qual ele só se soltaria se a machucasse.

Ele ficou parado, olhando-a, esperando que o soltasse.

— Vá logo, Teray, se é que ainda vai. Logo. Eu disse que não vou traí-lo e não vou… Não de propósito. Mas sem querer… Bem, fico muito com ele agora, e às vezes ele ouve coisas que não quero que ouça.

Depois de um instante, ele assentiu e ela o soltou. Mas ele permaneceu onde estava, observando-a, desejando que ela não visse a dor em seus olhos, mas sem conseguir se virar outra vez. Ele levou a mão ao rosto dela.

Ela se afastou abruptamente dele, depois se virou, passou correndo por ele e entrou na Casa.

Teray ficou parado por mais alguns segundos. Por fim, balançou a cabeça. Estabeleceu comunicação com um de seus silentes da cozinha. O homem cujo pé ele havia curado. Em silêncio, com uma gentileza atenciosa, ele deu ordens ao homem. Depois se comunicou com um silente da estrebaria, um silente que não era um dos seus subordinados, mas que, evidentemente, era obrigado a obedecer a todo padronista. Deu ordens ao silente da estrebaria e depois voltou para o quarto. Amber estava vestida e tomando café da manhã. Teray então percebeu que não tinha comido nada e, ao mesmo tempo, que não tinha apetite.

— Quando você terminar, vá arrumar suas coisas — disse a ela. — Partimos hoje. Não quero passar mais nem um dia neste lugar.

Ela pareceu surpresa, mas concordou devagar com a cabeça.

— Tudo bem.

— E leve o mínimo possível. Coloque mais algumas roupas por cima dessas ou algo assim. Não podemos sair daqui aparentando estarmos fugindo.

— Eu sei.

— Mandei preparar um suprimento de comida para nós e cavalos. E... seremos apenas dois.

Ela não disse nada quanto a isso. Continuou comendo.

* * *

Eles seguiram para o sudoeste, em direção à costa e às fronteiras mais próximas do setor. Teray decidiu seguir pela trilha costeira ao sul, se possível. A rota pelo interior era mais fácil, com menos probabilidade de ter sido varrida do mapa ou estar interditada, mas também era a rota mais percorrida. Era por ali que passavam as caravanas padronistas e onde os clayarcas as esperavam. A rota pelo interior também era um pouco mais curta, porque não acompanhava as irregularidades da costa. Mas atravessava vinte e um setores padronistas. A rota costeira, pouco percorrida, passava por três.

Havia alguns clayarcas ao longo da rota costeira. Mas havia clayarcas por toda parte, reproduzindo-se como coelhos, guerreando entre si e atacando padronistas. Na costa, Teray esperava encontrá-los apenas em pequenos agrupamentos familiares.

Michael, ele se lembrava, percorrera parte do caminho para o norte ao longo da rota costeira. Teray tinha perguntado a dois de seus forasteiros sobre a viagem, bisbilhotando do modo mais casual que pôde. Com seu grupo grande, Michael enfrentara poucos problemas, mas captou a presença de pelo menos um grande clã. Adentrara em um setor padronista para escapar dele. E isso Teray não podia fazer. Ele tinha mais chances contra os clayarcas do que teria contra um grupo de seu próprio povo que decidisse capturá-lo para obter a gratidão de Coransee. Até chegar à Casa de Rayal, a única padronista em quem podia confiar era Amber.

Ela cavalgava ao lado dele, estranhamente aceitando seu mau humor. Mas também, ela sabia o motivo. Ele queria que ela não soubesse. Ela disse baixinho:

— Acho que deveríamos nos conectar, Teray.

— O quê?

— Sei que isso nos tornará mais próximos do que a maioria das pessoas, e talvez você não me queira tão perto de você agora. Mas estaríamos mais seguros conectados. Se eu captar a presença de clayarcas, quero que saiba imediatamente, mesmo que esteja dormindo. Se não trabalharmos juntos, não teremos chance.

— Oh, inferno — resmungou ele.

Ela não disse mais nada.

Eles cavalgaram por vários minutos em silêncio. Por fim, sem dizer uma única palavra, ele se abriu e estabeleceu comunicação com ela. Conectar-se era como dar as mãos; na verdade, exigia menos esforço do que isso. Agora, a preocupação, o medo e quase qualquer outra forte emoção que ela sentisse o alertariam. E as emoções dele a alertariam. Além disso, porém, como temera, ele estava muito consciente da conexão, consciente de um sentimento forte e contínuo de unidade com ela. Normalmente, uma vez estabelecida, a conexão torna-se parte do contexto mental, não sendo mais notada até que uma das pessoas que a partilhasse fizesse alguma coisa à qual a conexão fosse sensível.

Mas qualquer tipo de contato com Amber seria diferente, seria muito próximo. Não havia nada que ele pudesse fazer, a não ser aceitar, e por incrível que pareça isso não foi tão difícil. Ele sentiu que estava relaxando quase contra a própria vontade. Sentiu que a raiva e a dor que Iray lhe causara estavam diminuindo, não desaparecendo por completo, mas recuando, encolhendo de modo que não ocupassem mais toda a sua mente. E não era Amber que estava fazendo aquilo, ela não estava entrando em contato com ele através da conexão para oferecer uma cura não solicitada. Ele estava apenas respondendo à presença mental dela. Uma presença que eclipsava emoções que ele normalmente demoraria muito mais para superar, e ele estava gostando daquilo. Deveria ter ficado ressentido até mesmo com essa pequena invasão. Em vez disso, sentia apenas curiosidade.

— Amber?

Ela o olhou.

— Como você sente a conexão?

Ela sorriu.

— Suave. Que outra sensação existiria entre pessoas tão próximas no Padrão quanto nós?

— E você não se importa?

— Não. Nem você.

Ele refletiu a respeito e deu de ombros. Ele estava à vontade demais para que as suposições dela o incomodassem. Entregou-se ainda mais à própria curiosidade.

— Durante todo esse tempo você soube mais sobre mim do que eu sobre você. Agora gostaria de descobrir algo sobre você.

Havia algo de defensivo, quase assustado, no modo como ela olhou para ele.

— O que quer saber?

O comportamento dela o confundia. Pelo visto tinha algo a esconder. Mas quem não tinha?

— Ouvi dizer que conseguiu matar um Preceptor antes mesmo do amadurecimento de suas habilidades mentais. Você poderia me contar como conseguiu fazer isso.

Ela suspirou e ficou em silêncio por tanto tempo que ele pensou que ela não responderia.

— Foi um acidente — disse, enfim. — A consequência de ser uma jovem pré-Padrão sem controle sobre o que era feito comigo. Quem lhe contou isso?

— Joachim. Ele não me contou, me disse para perguntar a você.

Ela pareceu relaxar.

— Pelo menos isso. Bem, o Preceptor era meu auxiliar, mas não deveria ter sido. Nunca nos demos bem. E como eu estava muito perto da transição para suportar a agressão mental, ele recorria à agressão física e me espancava sempre que queria, até que um dia consegui empurrá-lo e ele caiu bem na aresta de um muro baixo de concreto. Ele bateu a cabeça. Morreu antes que alguém pudesse chamar um curandeiro. Óbvio, minhas habilidades não estavam maduras, por isso não pude ajudá-lo.

— Mas nada disso faz sentido — disse Teray. — Por que você não disse ao Diretor da Escola que não se dava bem com o seu auxiliar? Você poderia ter recebido outro…

— Não, não poderia. Como eu disse, as crianças pré-Padrão não conseguem controlar o que é feito delas. Leal, o Diretor da Escola, sabia que tinha me dado o pior ajudante possível. Fez isso de propósito porque sabia que eu já havia escolhido alguém para me ajudar. E não aprovava. — Ela deu uma risada amarga. — Ele mesmo teria sido meu ajudante se pudesse… Se fosse forte o suficiente. Ele queria. Queria muitas coisas proibidas a um professor.

— Você, por exemplo.

— Ah, ele me teve, por um tempo. Pelos meus últimos seis meses na escola. Eu não ligava. Mas nós dois sabíamos que ele teria que desistir de mim assim que eu terminasse a transição. Não havia como eu me tornar professora. Não com a minha linhagem. Leal era capaz de aceitar isso, mas não foi capaz de aceitar Kai, a pessoa que eu havia escolhido. Em cuja Casa eu teria entrado. Embora ele pudesse até ter suportado isso se eu tivesse conseguido esconder o fato de que já estava apaixonada por Kai. Nós nos conhecemos quando ela veio tratar de algum outro assunto na escola e Leal era o...

— Espere um minuto. — Teray se virou para observá-la. — Ela?

— É uma representação bem aproximada do tom que Leal usou quando percebeu o que estava acontecendo — disse Amber. — Espero que você não reaja tão mal quanto ele.

— Ainda não decidi — respondeu Teray. — Conte o resto da história.

Ela fez o cavalo parar, fazendo com que Teray parasse, depois falou num sussurro.

— É melhor decidir antes de entrarmos no Território Clayarca — afirmou. — A reação de Leal foi quase uma sentença de morte. Não vou arriscar minha vida ao lado de ninguém que seja hostil.

A conexão revelou a dor dela. Ela havia levado Teray a sério e estava esperando a rejeição.

— Você sente alguma hostilidade em mim, Amber?

Ela o olhou com desconfiança e depois leu a mensagem que a conexão lhe concedia: ausência de qualquer emoção além de surpresa e curiosidade.

Ela relaxou, e eles continuaram a avançar.

— Estou sensível — justificou-se. — Leal me ensinou a ser sensível.

— Por que me contou essa parte da história?

— Porque você teria descoberto de um jeito ou de outro. Aos pouquinhos. Eu estaria pensando nisso, desprevenida, e você captaria. Pagaremos em privacidade mental o preço pela nossa proximidade.

Teray assentiu.

— Bom, Leal tinha motivos para reagir com ciúmes, mas eu...

— Ciúme, raiva, humilhação. Como eu ousava deixá-lo por uma mulher? Pobre professor. Ele já tinha bastante dificuldade em tentar competir com os homens pelas mulheres que queria.

— Não entendo por quê. Ele era o Diretor da Escola. Devia conseguir atrair muitas mulheres.

— Sim, mas não as que queria. Conseguia atrair professoras, mas as considerava indignas de sua atenção. Era capaz de atrair, e atraía, alunas mais velhas, mas elas sempre iam embora ou se tornavam professoras. Ele acreditava que as mulheres de fora da escola eram melhores. Tentava atraí-las... E geralmente falhava. Mas antes de Kai, ele nunca havia perdido uma de suas namoradas estudantes para uma mulher de fora. Foi demais.

— E Kai ainda tinha a própria Casa.

— Leal não a odiaria se ela tivesse se interessado por ele e não por mim. Prestígio. Mas como não foi isso o que ela fez, a Casa dela se transformou apenas em mais combustível para o ciúme dele. De qualquer forma, ele sempre quis ter a própria Casa, mas sabia que nunca conseguiria. Ele quase chegava a ser forte demais para um professor, mas não forte o suficiente para ser o Preceptor de uma Casa.

— Um homem mais forte teria reagido de forma mais razoável — desdenhou Teray. — Afinal, você não é tão incomum.

— Coransee não reagiu muito bem.

Ele a olhou, assustado.

— Que diferença fazia para Coransee? Aconteceu antes de você o conhecer e não a impediu de ficar dois anos com ele.

— Mas fez diferença. Não contei a ele. Ele descobriu bisbilhotando meus pensamentos há apenas algumas semanas. Foi então que decidiu que eu era um desafio maior do que antecipara. Foi então que me disse que pretendia me manter na Casa dele, negar que mantivesse minha independência. A maioria das pessoas não tenta fazer coisas assim com uma curandeira.

— Ele teria conseguido?

— Talvez, com a força que tem. Sinceramente, tenho medo dele. É por isso que, neste caso, prefiro fugir a lutar.

Teray balançou a cabeça, melancólico.

— Ele costuma tentar domesticar as pessoas.

— E você?

— Ainda estou curioso. Quero saber como uma criança pré-Padrão conseguiu escapar de ser executada pela morte de uma pessoa tão importante quanto um Preceptor. Estou surpreso que os amigos dele não a tenham declarado anômala, para que você fosse arruinada antes de conquistar seus direitos de adulta. E estou curioso sobre sua relação com Kai. Mas tudo isso é problema seu. Não quero que me conte porque tem medo de que eu descubra de um jeito ou de outro. Não farei isso.

— Não me importo em lhe contar, mas não foi isso que eu quis dizer.

Não. Ele sabia o que ela queria dizer.

— Ontem à noite eu perguntei o que você queria construir entre nós, e você disse "alguma coisa boa". Acho que também havia a implicação de "alguma coisa temporária". Tudo bem de início, mas posso acabar sendo tão ruim quanto Coransee. Talvez eu também tente obter mais.

Ela riu. Tinha uma risada gostosa.

— Não faça isso. Um Coransee foi suficiente. Agora vou contar o resto da minha história. A propósito, você está verificando os clayarcas pelo perímetro? Já os vi nessas colinas.

— Verificando o melhor que posso. — Eles estavam se aproximando das colinas baixas e gramadas que tinham de atravessar para chegar ao oceano.

— Tudo bem. Não fui executada porque Kai convenceu, ameaçou e subornou alguns dos Preceptores do conselho do setor a votarem para me poupar. Ela não lhes disse nada que eles já não soubessem, apenas que a morte foi acidental, que eu estava a apenas alguns dias da minha transição e dos meus plenos direitos como adulta e que, em todo caso, o homem que matei nunca deveria ter sido designado para mim. Eles sabiam de tudo isso, é óbvio, mas estavam muito indignados e, acho, muito envergonhados pelo fato de que eu, tecnicamente ainda uma criança, consegui matar um deles… Enfim, eles estavam mais atrás de vingança do que de justiça. A esposa principal do homem que matei estava lá para os incitar. Leal estava lá contando o mínimo que podia da verdade, porque sabia que ele era o real culpado pela morte do homem.

"Kai conseguiu me salvar, mas não foi capaz de me salvar completamente. Em vez de me matarem, decidiram me exilar do setor. Queriam que os clayarcas me matassem no lugar deles. Kai deveria me levar até a fronteira do setor e me deixar lá. Em vez disso, ela me levou para a Casa dela. Ela induziu a transição, com apenas alguns dias de antecedência, mas, ainda assim, foi cedo demais."

Amber inspirou o ar de forma irregular ao se lembrar.

— Juro que prefiro deixar os clayarcas me levarem do que passar por uma coisa dessas outra vez. Eu permanecia tentando simplesmente morrer e deixar que tudo se acabasse, e ela continuava me trazendo de volta. Mencionei que ela também era curandeira? Criatura de sorte. Embora eu não pensasse assim naquela época. Ela me arrastou por todo o processo, arrancou meu escudo de infância antes que eu estivesse pronta para abandoná-lo. Ela me deixou mentalmente nua, absorvendo todo o lixo mental à solta a quilômetros de mim. Captei a agonia alheia, as emoções violentas, tudo, até que consegui criar a blindagem voluntária que ainda não estava pronta para criar. Quase a matei enquanto ela tentava me salvar. Eu não sabia o que estava fazendo. E acabei por ser mais forte do que ela.

"Ela me ajudou. Mas não foi suficiente. Ela teve que me preparar para deixar o setor, me deixar pronta para usar as habilidades que eu mal sabia que tinha. Não houve tempo para me ensinar ou para fazer nada além de imprimir em mim as memórias dela. Ela me transmitiu os quinze anos à frente de sua Casa. Ela me fez assimilar tudo, não permitiu que as memórias ficassem latentes do jeito que você fez com a maioria das que obteve de Jackman. Foi como me tornar parte dela, adquirir um passado totalmente novo que era apenas alguns anos mais breve do que meu passado real.

"Ela me obrigou a comer, lavou meu cansaço e curou os hematomas e as distensões que sofri durante a transição. Depois me deu mantimentos, me colocou em um cavalo e me disse para fugir. Saí com um pouco de vantagem em relação ao grupo de Preceptores que enfim, com doze horas de atraso, percebeu o que estava acontecendo."

Amber parou de falar, e cavalgaram em silêncio por algum tempo, acelerando o passo quando chegaram a um trecho de terreno plano, depois diminuindo a velocidade para subir outra colina.

— Ela te amava — afirmou Teray, por fim.

— Era mútuo. Ela quase perdeu a Casa por minha causa.

— Quase?

— Ela a teria perdido se não fosse por Michael. Foi por isso que eu o conheci. Ela pediu ajuda a Forsyth logo que fui acusada. Michael estava em nossa área tratando de outros assuntos, mas teve dificuldades com clayarcas no caminho até nós.

"Ele examinou minhas lembranças quando chegou, e pude voltar ao setor para ser ouvida. Ele assimilou as verdades que os Preceptores haviam ignorado, depois decidiu a favor de Kai. Não os obrigou a me aceitarem de volta, mas pelo menos os obrigou a deixarem-na em paz."

— De qualquer modo, era tarde demais. Você já não poderia voltar para ela.

— Eu sei.

— Sendo você mais forte do que ela e possuindo tanto do conhecimento e da experiência dela... Acho que ela não ousaria aceitá-la de volta.

— Fico feliz por ela não ter tido que decidir.

Teray mudou de assunto de repente.

— Acho que avistei alguns clayarcas.

Ele não precisava ter dito. Ela já estava olhando na direção deles. Não estavam visíveis, mas definitivamente havia um grupo deles à frente, avançando em sua direção. Estavam logo depois da próxima colina.

— Só um grupo pequeno — afirmou Amber. — Uns vinte. Talvez circundem a colina e nos ignorem.

— Sim, e depois eles podem perceber nosso rastro e nos seguir enquanto um deles vai atrás de reforços. Melhor matá-los.

— Tudo bem. Você assume.

Ela se abriu para ele como ninguém fazia desde a escola, dando a ele acesso a sua força mental e controle sobre ela. Era por isso que pessoas próximas no Padrão lutavam de modo mais eficiente. A maneira como a Casa de Joachim lutava, a maneira como todos lutaram na guerra quando Rayal empregava o poder que tinha. Mas só Rayal poderia reunir todas as pessoas, canalizar toda a sua força através de sua própria mente, concentrá-la em clayarcas espalhados por todos os cantos, desde Forsyth até o setor padronista mais ao norte. As pessoas de menor escalão reuniam-se quando podiam com qualquer um que podiam: com qualquer um em quem confiassem para não tentar tornar o controle permanente.

Inexperiente, Teray canalizou a força de Amber para si. Então, quase duas vezes mais poderoso, estabeleceu comunicação com os clayarcas.

A nova força era estimulante, inebriante. Ele quase teve de se conter ao alcançar os clayarcas. No corpo de um deles, localizou uma grande artéria que saía do coração. Memorizou a posição da artéria para poder encontrá-la rapidamente nos outros clayarcas, depois a rompeu. O clayarca caiu no chão, arranhando o peito.

Instantaneamente os outros clayarcas fugiram, espalhando-se em todas as direções, mas Amber, que não fez nada além disso, manteve o controle de suas posições, direcionando e redirecionando a atenção de Teray para cada um deles até que todos estivessem mortos ou moribundos.

Vários minutos depois, eles começaram a passar por corpos. Amber se fechara outra vez, tanto quanto possível enquanto eles estivessem conectados, e Teray lhe havia devolvido o controle da força mental dela. Ela diminuiu temporariamente, é claro, assim como a de Teray, mas não foi uma perda significativa. Um dos perigos de emprestar a força mental era que a outra pessoa podia gastá-la, podendo levar o doador à exaustão e à morte. Mas nem Teray nem Amber estavam perto disso.

Teray olhou para os corpos espalhados pela encosta, viu as expressões de agonia em muitos rostos clayarcas e não sabia se deveria se sentir nauseado ou triunfante. Nenhum deles teve tempo de disparar um tiro sequer nem de vislumbrar o inimigo que o matara. Ainda assim, os clayarcas também eram conhecidos por matar camuflados. Era uma luta estranha; de certa forma, repugnante.

— Você nunca fez isso antes, não é? — perguntou Amber.

— Não. — Teray passou por uma mulher clayarca morta, com os braços estendidos em direção a uma versão menor e completamente nua de si. Uma parente, talvez. Uma filha?

Clayarcas mantinham as crianças por perto para que fossem criadas pelos pais biológicos. Teray desviou o olhar do par, franzindo a testa. Eram clayarcas. Elas o teriam matado se pudessem. Eram portadoras da doença da *Arca de Clay*.

— Quis que você cuidasse disso porque achei que nunca tinha feito nada assim antes.

Ele se virou quase que com raiva para Amber.

— Queria vê-lo lutar em uma situação em que não houvesse perigo imediato — explicou ela.

— Você acha que não aprendi o que fazer na escola?

— Não, tive medo de que tivesse aprendido. E, infelizmente, você aprendeu.

— Os clayarcas estão mortos, não estão? — Estava deixando a repulsa pelo que teve de fazer transbordar para ela, mas não se importava. Afinal, do que ela estava reclamando?

— Os dois últimos quase escaparam.

— Quase, merda! Estão mortos.

— Bastava que houvesse mais um ou dois deles, e os teríamos perdido. Eles sairiam do alcance antes que você pudesse matá-los. E em algum momento, hoje à noite ou amanhã, estariam de volta com todos os seus amigos.

— Você está insinuando...

— Estou insinuando que você é muito lento. Lento demais. Um grupo grande de clayarcas nos engoliria antes que você pudesse fazer alguma coisa.

— Você teria feito melhor? — Estava tomado por uma raiva gélida, mas seu tom de voz era baixo e calmo.

— Teray, eu seria um pouco mais diplomática se não houvesse a possibilidade de encontrarmos um exército de clayarcas na próxima colina. Mas, para ser sincera, os métodos escolares simplesmente não são bons o suficiente aqui. Você vai deixar que eu lhe ensine alguns outros?

— Você quer me ensinar outros métodos? — falou, fingindo surpresa. — Não vai lutar sozinha de agora em diante?

— Sim. Você merece ter a possibilidade de sobreviver a esta viagem, mesmo se algo acontecer comigo ou se acabarmos nos separando.

— E não terei essa possibilidade sem seus ensinamentos?

— Exato.

— Vá para o inferno com seus ensinamentos.

Ela suspirou.

— Tudo bem, então, você me deve isso. Deixe que cuido dos próximos clayarcas que encontrarmos.

— Aí vai poder me mostrar como é boa nisso. E posso mudar de ideia.

— Não, Teray, aí posso ter certeza de que sobreviveremos pelo menos por mais um tempo. — Ela falou em tom de cansaço, e suas palavras o alcançaram tanto pelos ouvidos como mentalmente. Ela se abriu outra vez. E com a mente, não havia como ele deixar de perceber a crença absoluta no que ela estava dizendo. Apesar de seus modos, ela não estava se vangloriando. Estava com medo. Medo por ele.

Ele sentiu a raiva se dissipar e ser substituída por outra coisa. Algo que ele não conseguia nomear, mas que era muito menos agradável do que a raiva.

— Você conseguiria, Amber? Quero dizer, ir sozinha daqui até Forsyth?

— Acho que sim. — Ela estava fechada para ele outra vez.

— Você sabe que sim.

Ela não disse nada.

— Você já fez isso antes.

Ela deu de ombros.

— Eu disse que sou independente. Nós viajamos.

— Por que não me contou?

— Por que deveria ter contado? Eu ter feito isso antes não garante que conseguiremos desta vez.

— Em especial comigo lhe servindo de freio.

Mais uma vez, ela não disse nada.

— Temos quase a mesma idade — disse ele. — Sou filho dos dois padronistas mais fortes de sua geração e sou forte o suficiente para ser o sucessor do Mestre do Padrão. No entanto, aqui está você, com seus quinze anos de memórias de outra pessoa e seus quatro ou cinco anos de peregrinação...

— Você prefere viajar com alguém que seja um peso morto?

— Só não gosto de sentir que o peso morto sou eu.

— Não se preocupe. Com sua força, você não é. Eu nunca teria me convidado a vir junto se achasse que você seria.

Ele lhe lançou um olhar penetrante.

— Não, esse não é o único motivo — continuou ela, sorrindo. — Você tem alguns outros pontos positivos.

Ele suspirou e desistiu sem perceber que estava desistindo.

— Como seu gênio dócil — disse ela. — Abra-se e me deixe mostrar como matar os clayarcas depressa.

Ele obedeceu, observando-a com a mesma desconfiança que ela havia demonstrado por ele antes.

6

— Entenda — explicava Amber —, não podemos nos dar ao luxo de desperdiçar tempo e força abrindo buracos nos clayarcas. Isso é o que tentam fazer conosco com suas armas. Lute usando os métodos deles e, mais cedo ou mais tarde, eles vão pegá-lo. Há muitos deles. Em um ataque grande, alguns deles o destroçariam enquanto você estivesse tentando abrir buracos nos outros.

Teray só ouvia parcialmente. Seus ouvidos estavam cheios do som desconhecido das ondas. Passara toda a vida a apenas um dia de viagem da praia, mas nunca tinha visto o oceano com os próprios olhos. Vira-o através dos olhos de outras pessoas nas pedras de aprendizagem que estudara, mas não era a mesma coisa. Agora, enquanto ele e Amber desciam em direção à trilha costeira, ele olhava fascinado para o corpo d'água aparentemente interminável.

Conseguia avistar ilhotas rochosas no mar. Mais perto, as ondas quebravam na areia e nas rochas com um ruído vigoroso que às vezes abafava o que Amber dizia. Mas isso não importava. Ela estava apenas enfatizando a informação que já havia transmitido mentalmente. A comunicação mental prejudicava a consciência que tinham do terreno, e dos clayarcas em potencial, ao redor. Por isso, ela estava repetindo, resumidamente, em voz alta.

— Consigo fazer isso — garantiu a ela.

— Experimente o mais depressa possível.

— Da próxima vez que encontrarmos clayarcas. — Mas ele não estava muito ansioso para testar o método de assassinato dela, ou qualquer método de assassinato que fosse. Ainda vislumbrava os clayarcas que havia matado. Talvez tivesse sido mais fácil se não possuíssem uma cabeça humana ou se ele não tivesse conversado com um deles. Mas ela tinha razão. Ele não só teria de se acostumar a matá-los, mas também teria de matar com mais eficiência, do jeito que ela ensinara, caso quisessem sobreviver. Ele evocou a memória que ela lhe transmitira de estar sozinha, correndo a pé para a segurança de Redhill, dois anos antes. Ela havia sido ferida, mas seguiu em frente. Sua habilidade como curandeira a manteve viva e consciente. E ainda era capaz de matar, limitando a área de sua percepção a uma faixa longa e estreita, esquadrinhando-a à sua volta como o ponteiro de um relógio. Os clayarcas em quem tocava na varredura mortal convulsionavam e morriam. No tempo em que demoravam para morrer, ela já havia derrubado mais seis ou sete. Eram capazes de atirar nela além da extensão da varredura. Mas esse tipo de tiro de longo alcance exigia uma pontaria que nem todos, não o suficiente deles, possuíam.

As varreduras viravam o cérebro dos clayarcas contra si mesmo. Ela usava a própria energia deles para interromper repentina e massivamente suas atividades neurais. O local no cérebro que controlava a respiração ficava paralisado. O coração parava de bater e a circulação sanguínea era interrompida. Eles morriam quase como se tivessem sido literalmente atingidos por um raio. Ou como se...

Teray franziu a testa.

— Sabe — disse depois de algum tempo —, sua maneira de matar clayarcas não é tão diferente da maneira como nós, padronistas, matamos uns aos outros.

— Não é nada diferente — admitiu ela. — Basta um tipo de concentração diferente para matar clayarcas. Basta se concentrar diretamente no corpo do clayarca, no cérebro dele, e não em seus pensamentos.

— Mas... Então por que na escola nos ensinam que não se pode matar um clayarca da mesma forma que se mata um padronista?

Ela encolheu os ombros.

— Provavelmente porque eles não sabem disso. A maioria dos padronistas que não são curandeiros não faz ideia do motivo da morte de outros padronistas quando são atingidos de uma determinada maneira. E não se importam, contanto que funcione. — Ela franziu a testa e ficou pensativa por um momento. — Foco é tudo, Teray. É óbvio que não podemos nos prender aos clayarcas da mesma maneira que podemos nos prender uns aos outros. Não podemos ler os pensamentos deles, ou mesmo sentir que eles têm pensamentos, por isso não podemos ir atrás deles como iríamos atrás de um dos nossos.

— O que acontece se você tentar... se mantiver o foco visual em um clayarca, ou captar a presença física dele, e depois o golpear como se estivesse golpeando um padronista?

— O que você golpearia?

— A cabeça dele, é claro.

— Eu não faria isso — disse ela. — Poderia dar tempo ao clayarca para enfiar uma bala na sua cabeça. As únicas pessoas que podemos esperar matar simplesmente jogando nossa força a esmo são silentes e outros padronistas. Com clayarcas, é preciso saber exatamente o que está fazendo e fazer bem, ou será morto.

— Um clayarca não sofreria se batêssemos nele?

— Se *você* bater nele, na cabeça, com toda a sua força, ele pode ter uma convulsão. Mas no caso da maioria das pessoas, nada aconteceria.

Teray franziu o cenho, sem compreender, mas sem querer continuar a questionar.

— Sente o vento? — perguntou ela

— O quê?

— O vento. Há uma brisa muito boa soprando do oceano. Há muita força no vento, mesmo numa brisa como esta. Pergunte a Joachim. Ele usa moinhos na Casa dele. Em geral, o vento não parece muito poderoso. Não até que se encontre maneiras específicas de fazer uso dele, maneiras de fazê-lo funcionar a seu favor.

— Entendo — murmurou ele.

— Acertando um clayarca como se ele fosse um padronista, ele notaria tanto quanto você notou o vento antes que eu o mencionasse.

— Eu já disse que entendi.

— Tudo bem.

Era a doença que bloqueava o caminho novamente. Uma doença que protegia seus portadores e matava os inimigos deles. A doença da *Arca de Clay*, trazida centenas de anos antes, segundo diziam os registros antigos, pela única nave espacial que retornou à Terra. Uma nave espacial. Um artefato de silentes que supostamente havia colocado fim ao reinado dos silentes sobre o planeta que tentavam deixar. Esta parte da história sempre exerceu um fascínio sombrio sobre Teray. A raça dele, na época, era pequena, dispersa, desunida, uma mera ramificação dos silentes. O povo dele tinha sido cuidadosamente cruzado para ter força mental, cruzado por alguém da mesma espécie que, por acaso, nascera com toda a força mental de que precisava. Alguém cuja especialidade não fora curar, ensinar, fazer arte ou qualquer um dos talentos comuns. A especialidade do Fundador era viver. Ele viveu por milhares de anos, criando e formando as pessoas que se tornariam padronistas. Finalmente, ele foi morto por uma de suas próprias filhas, a primeira a criar e comandar um Padrão.

E enquanto isso, os silentes construíam uma sociedade mais complexa, mais mecanizada, do que tudo que existira desde a sua queda. Alguns padronistas se recusavam a acreditar neste capítulo da história. Diziam que era como acreditar que cavalos e bois já tiveram sociedades mecanizadas. Mas na Casa de Coransee, Teray tinha visto por si mesmo que silentes tinham uma maior inclinação para a mecânica do que a maioria dos padronistas. E que silentes eram inteligentes.

Tanto é que Teray teria gostado de desafiá-los permitindo que tivessem mais liberdade, encorajando-os a usar a cabeça e as mãos para algo além do trabalho pesado. Assim ele poderia descobrir por si mesmo se a capacidade inventiva que os tornara grandiosos no passado permanecia. Afinal de contas, ainda hoje eram silentes que manuseavam a pouca maquinaria existente no Território Padronista. E dizia-se que os clayarcas, que nada mais eram do que silentes com mutações físicas, usavam máquinas rudimentares em seus assentamentos ao leste das montanhas orientais. No lado oeste das montanhas, no entanto, os clayarcas não produziam nada além de armas e guerreiros. Pelo menos, isso era tudo o que os padronistas sabiam que eles produziam. Mesmo assim, Teray se viu pensando no clayarca com quem havia conversado. A criatura conhecia a língua de Teray, pelo menos o suficiente para se comunicar. Mas Teray, como a maioria dos padronistas, nada sabia sobre a língua que os clayarcas falavam entre si. Padronistas quase nunca deixavam clayarcas chegarem perto o bastante a ponto de ouvir as palavras que diziam. Padronistas e clayarcas observavam uns aos outros de lados opostos de um abismo de doenças e diferenças físicas e contavam a si mesmos a mesma mentira confortável sobre o outro grupo. A mentira com a qual o clayarca de Teray havia tentado escapar impune: "Não pessoas".

Naquela noite, outro grupo de clayarcas passou perto deles. Teray e Amber estavam acampados na praia, na encosta de uma colina. Amber inspecionou os cavalos atentamente, algo que se tornaria um ritual noturno. Curou todos os ferimentos que encontrou antes que se agravassem, garantindo, como ela disse, que não acabassem a pé, virando isca de clayarcas. Eles economizaram as porções e comeram codornas que Teray havia atraído mentalmente de um dos desfiladeiros nas colinas. Os clayarcas entraram na área de alcance às suas costas enquanto eles comiam.

Amber, consciente do perigo no instante que Teray o captou, abriu-se para ele para ceder sua força. Ele a aceitou e a usou para ampliar seu alcance.

Ele pôde captar imediatamente todo o grupo de clayarcas caminhando em direção a eles, movendo-se pelas colinas e não pela trilha. Muito em breve, os que estavam à frente avistariam a fogueira dos dois padronistas.

Teray revisou rapidamente a técnica que aprendera com Amber e depois os arrebatou como uma onda do mar. Uma onda destrutiva, assassina.

Os clayarcas quase não tiveram tempo de se dispersar. O grupo era um pouco maior do que aquele que encontraram antes. Mas Teray agiu em muito menos tempo do que tinha precisado para lidar com o primeiro grupo. Usou menos energia, já que não teve de perfurar nem dilacerar nada. E como agiu muito depressa, não precisou que Amber localizasse possíveis fugitivos para ele. Não havia possíveis fugitivos.

Como jamais os veria fisicamente, os esquadrinhou mais uma vez para garantir que todos estavam mortos. Não houve movimento algum.

Virou-se para olhar Amber.

— Satisfeita?

Ela assentiu, séria.

— Vou dormir melhor.

— Você deveria ensinar seus métodos para as escolas, pelo menos a de Redhill. Salvar algumas vidas padronistas.

— Curandeiros geralmente acabam aprendendo por conta própria. A maioria dos não curandeiros não consegue aprender, mesmo quando são ensinados. Precisam dilacerar ou perfurar alguma coisa, ou acabam batendo como atacariam um padronista. O meu método é um meio-termo. Eu estava com medo de que você não fosse capaz de fazer isso.

— Você não agiu como se estivesse com medo.

— É claro que não. Eu não queria que pensasse que não seria realmente capaz de conseguir quando tentasse.

Ele a olhou, balançou a cabeça e deu um sorrisinho.

— Alguém já tentou fazer de você um curandeiro? — perguntou ela.

— Eles me ensinaram o que podiam na escola. Mas não tenho muita aptidão para isso.

— Isso foi o que muitos não curandeiros lhe disseram.

— Não tenho, de verdade. Não tenho uma percepção boa o bastante para isso. Deixo sintomas passarem despercebidos, a menos que sejam realmente óbvios. Dor, hemorragia... isso ninguém deixa passar batido. Mas detalhes, especialmente os causados por doenças, não por ferimentos, sou incapaz de captar.

Ela assentiu.

— Coransee também tem esse problema, mas talvez você não seja tão ruim quanto ele. Se quiser, quando chegarmos a Forsyth tentarei ensiná-lo um pouco mais. Acho que você está se subestimando.

— Está bem. — Ele esperava que ela estivesse certa. Seria reconfortante ser melhor do que Coransee em alguma coisa.

* * *

A viagem ficou mais difícil no dia seguinte. Descobriram que a trilha se perdia entre as montanhas quando chegaram às mais altas, "destruída pela água, como sempre", foi o que disse Amber. Os setores mais próximos da costa deveriam fazer a manutenção, é claro, mas com a doença prolongada de Rayal, o trabalho tornou-se muito perigoso. Teray e Amber mais caminhavam ao lado dos cavalos do que cavalgavam.

No terceiro dia nem montaram. Não havia mais praia. As ondas quebravam nas pedras e na base rochosa das montanhas. Eles conheciam os cânions e os planaltos que teriam de percorrer. Tinham memorizado. Com certeza não iam se perder. Mas estavam perdendo tempo. Caminhando, arrastando-se em meio a pedras e arbustos, ocupando-se de pensar onde eles e os cavalos encontrariam apoio para os pés. A jornada era fisicamente desgastante, mas pelo menos encontraram poucos clayarcas.

Havia cervos e codornas para caçar e havia bois, que eles deixaram em paz. O gado pertencia aos setores costeiros, cuja atenção não queriam atrair. No quarto dia viajaram dentro dos limites de um desses setores. E o atravessaram com as maiores rapidez e cautela possíveis. Estavam mais distantes da costa do que queriam. A certa altura, avistaram uma grande Casa cercada de edículas, localizada em um vale pequeno logo abaixo. Apressaram-se.

Foi ao atravessar esse setor que se deram conta de uma grande tribo de clayarcas. Já estavam fora do campo de visão da Casa, agora cavalgando com facilidade, uma vez que a população do setor cuidava de sua parte da trilha. Embora não se cuidassem muito bem, já que permitiam a invasão de tantos clayarcas.

Os clayarcas estavam descansando... Ou, pelo menos, parados. Unindo suas forças, Teray e Amber tentaram descobrir o tamanho da tribo. Não conseguiram encontrar seu limite. Estendia-se além do alcance combinado deles. Centenas e mais centenas de clayarcas; uma morte certa, exceto para um destacamento grande e forte de padronistas. Teray e Amber fizeram um grande desvio para evitar um possível contato com eles. Os clayarcas pareceram não notar, mas, por horas, nem Teray nem Amber conseguiram relaxar.

No meio da viagem — no nono dia, e não no quinto, como deveria ter sido —, tiveram de abandonar a trilha por completo, embora agora ela fosse bem-cuidada e plana. Nesse trecho, a trilha distanciava-se do litoral e passava pelo meio de um grande setor, depois de ter percorrido as margens do setor onde haviam encontrado os clayarcas. Agora, porém, a costa se estendia em uma grande península, ao passo que a trilha seguia em direção ao sul. Teray e Amber decidiram perder um pouco mais de tempo e ficar perto da costa. Não a acompanhariam tão de perto como tinham feito até ali, mas ficariam bem afastados das Casas do setor. No entanto, por mais cuidadosos que tenham sido, no início do dia seguinte foram surpreendidos ao perceber que padronistas se aproximavam a cavalo. Sete deles.

A essa altura, Teray e Amber trabalhavam juntos quase instintivamente, como se fossem uma equipe há meses, e não há dias. E ambos eram fortes. Era possível que, juntos, pudessem enfrentar os sete padronistas com alguma chance de saírem vitoriosos, caso nenhum deles fosse Coransee. Amber falou como se fosse uma sugestão:

— Acho que Coransee não está entre eles. Só os vislumbrei antes de me blindar, mas acho que teria captado a presença dele.

— São pessoas deste setor, talvez — disse Teray.

— Não importa quem são, nós somos um alvo legítimo.

Os dois grupos se encontraram em um bosque, Teray e Amber de um lado e os sete desconhecidos (quatro homens e três mulheres) do outro. Teray e Amber sentavam-se imóveis, tensos, blindados aos desconhecidos, unidos um ao outro apenas pela conexão. Esperaram.

— Seria melhor para vocês — disse a mulher pequena e de cabelos brancos no centro dos sete — se nos acompanhassem sem resistir.

O cabelo da mulher era naturalmente branco, não grisalho devido à idade, mas Teray sabia que ela era velha. Não conseguiria explicar como sabia disso. A idade dela não se mostrava de forma definível. Ela mesma ou sua curandeira havia detido a progressão de todos os sinais físicos do tempo, deixando-a com a aparência de uma mulher de 35 anos. No entanto, Teray não tinha dúvidas de que a mulher vivera mais que o dobro dos 35 anos que aparentava. O que era incomum para qualquer Preceptor, como o comportamento daquela mulher indicava que ela era. A maioria dos Preceptores morria ao lutar por suas Casas muito antes de atingir a idade daquela mulher.

— Somos dezessete — revelou a mulher calmamente. — Creio que ainda não perceberam dez de nós. Estamos todos conectados. Ataquem a um de nós e atacarão a todos.

De súbito, Teray e Amber perceberam os outros dez se aproximando pela direção oposta, só agora estando ao alcance da exploração rápida que ousaram fazer. Teray olhou para Amber. Amber encolheu os ombros e depois relaxou em uma postura de aparente submissão. O que poderiam fazer contra dezessete padronistas conectados?

— O que querem de nós? — perguntou Teray.

— Pagar uma dívida — respondeu a mulher.

Teray franziu a testa.

— Uma dívida com quem?

— Para seu azar, meu jovem, com seu irmão. Com Coransee.

— Vocês pretendem nos deter para ele?

— Sim.

Teray relaxou como Amber, consciente da tensão na conexão entre eles. Não era a tensão de algo prestes a se romper, mas de algo sob controle, prestes a entrar em ação.

— Não — declarou Teray, tranquilo.

Os dez padronistas que ainda se aproximavam podiam ser vistos entre as árvores. Teray os ignorou e sentiu Amber voltar sua atenção para eles, como esperava que ela fizesse. Ela era rápida o suficiente para captar um ataque vindo daquela direção antes que pudesse causar estragos. Teray voltou a falar.

— Se Coransee me pegar, ele me matará. Então não tenho nada a perder ao desafiá-los.

— Está arriscando perder a vida da sua mulher. Vejo que você e ela estão conectados.

E Amber respondeu:

— Também não estou ansiosa para ser capturada por Coransee. E sou uma mulher independente, Senhora Darah. Como sempre fui.

Pela primeira vez, a mulher tirou os olhos de Teray.

— Receava que fosse. Olá, Amber.

Amber abaixou ligeiramente a cabeça em saudação.

— A Senhora está certa. Estamos conectados. Vamos continuar conectados. E deveria ser capaz de adivinhar para onde direcionaremos todo o nosso poder assim que vocês nos atacarem.

Teray compreendeu de imediato, reprimindo a surpresa por Amber conhecer a mulher.

— A Senhora sabe que Coransee é meu irmão. Isso deve lhe dar uma ideia da minha força. A menos que esteja disposta a sacrificar a própria vida, bem como a vida de várias pessoas de seu povo, deixe-nos ir embora.

— Eu sei que você é forte — respondeu ela. — Mas não acredito que consiga me matar. Não quando estou conectada a tanta gente. Se você pensar bem, tampouco vai acreditar. — Ela indicou as dez pessoas a cavalo que agora esperavam a uma curta distância às costas de Amber e Teray. Os dez começaram a avançar, claramente com a intenção de cercá-los.

Mas nem Amber nem Teray se moveram. Por meio da conexão, Teray sentiu uma leve diminuição da força de Amber um instante antes de perceber o que ela havia feito. Então compreendeu.

Seis dos cavalos que se aproximavam deles, os seis mais próximos, desabaram. Gritando, surpresos, alguns dos cavaleiros saltaram. Alguns caíram. Todos os dezessete padronistas estavam esperando receber pessoalmente um ataque, ou, pelo menos, um ataque contra Darah. O ataque aos cavalos os pegou completamente de surpresa. Amber logo terminou, não dando a eles a oportunidade de aproveitar a abertura momentânea em sua blindagem. Teray se pôs imediatamente em guarda para deter quem tentasse.

Mas não houve nenhum movimento, exceto o dos cavaleiros caídos e de seus cavalos que se erguiam. Nenhum deles parecia estar ferido. E enquanto os padronistas voltavam a montar, nenhum deles parecia ansioso para enfrentar Teray e Amber.

— A Senhora — disse Amber em tom brando — talvez tenha se esquecido de minha habilidade, mas eu não. Posso matá-la aqui e agora, não importa a quem você esteja conectada. Posso matá-la com a mesma facilidade com que mataria um clayarca. Sou rápida o bastante para fazer isso com pelo menos uma pessoa antes que alguém me alcance.

A mulher sustentou o olhar de Amber com firmeza.

— Você morreria por isso. Meu povo a mataria.

— Sem dúvida. Mas de que isso lhe adiantaria?

— Você não está sob nenhuma sentença de morte de Coransee.

— Não.

— E... tendo em vista o favor que me fez uma vez, talvez eu esteja disposta a deixá-la ir embora. Se você for sozinha.

— Talvez?

— Você quer morrer, Amber? — A voz da mulher se tornara ríspida.

— Não, Senhora.

— Então, vá!

— Não... Senhora.

— Não acredito que esteja disposta a sacrificar sua vida por ele.

Amber sorriu.

— Acredita, sim.

— E — prosseguiu a mulher, sobrepondo-se às palavras de Amber e dirigindo-se outra vez a Teray — não acredito que você seja do tipo que deixa outra pessoa lutar no seu lugar.

— Acha que eu seria tolo o suficiente para recusar a ajuda dela contra a Senhora e outras dezesseis pessoas?

— Eu só quis lhe dar uma oportunidade de salvar a vida dela, já que não pode se salvar.

— Senhora, escolha três pessoas de seu povo. Mantenha-se ligada a elas e desconecte-se dos demais. Vou enfrentar vocês quatro sozinho. Esse é o tipo de oportunidade que quero.

A mulher o encarou antes de rir alto.

— Sendo prepotente em uma situação como esta... Você é mesmo irmão dele.

Ela não achava que ele estava sendo prepotente. Na verdade, Teray pensou, era ela que, de certa forma, comportava-se de modo prepotente, assegurando que ele estava condenado, mas sem atacar. Tentando separar Amber dele.

— A Senhora está pronta para morrer agora? — perguntou Teray.

Ela não disse nada, mas seu povo parecia mais alerta.

Ele assentiu.

— Achei que não. Não tenho mais tempo para você. — De repente, ele chicoteou o cavalo, avançando direto contra Darah e seus companheiros. Ele estava ciente de que Amber se movia ao lado dele, mas manteve a atenção em Darah e seu povo. Os cavalos reagiram, saltando para o lado, assustados, quase empinando antes que os cavaleiros reforçassem o controle sobre eles e os acalmassem.

Teray e Amber continuaram a meio-galope. Teray agora concentrava a consciência à frente, enquanto Amber se concentrava na retaguarda, em Darah e seu povo. Mas Darah não os seguiu.

Teray queria impelir seu cavalo a galopar mais depressa e se afastar dali antes que a mulher mudasse de ideia. Mas ele sabia que não valia a pena. Não havia como "se afastar" tão rapidamente. Darah conseguiria alcançá-los se quisesse, contanto que estivessem nos arredores do setor em que ela vivia. Ela com certeza tinha aliados, outros Preceptores que estariam dispostos a ajudá-la. E havia os outros membros de sua própria Casa, a quem poderia ordenar que viessem ajudá-la. Era tudo uma questão de quanto estava disposta a perder para pagar sua dívida com Coransee. Ele não tinha dúvida de que ela estava disposta a sacrificar alguns membros de seu povo. Mas em relação à própria vida, aparentemente, a perspectiva era outra. Agora, seria bom que ela não encontrasse alguém mais corajoso, ou imprudente, para liderar outro ataque em seu lugar.

Eles prosseguiram, deixando de seguir o desvio e viajando para o sul, do outro lado da península. Parecia melhor aproveitar a oportunidade de cavalgar mais pelo setor agora do que perder tempo contornando-o. Se Coransee queria que Teray fosse detido, viria atrás dele. Provavelmente já estava a caminho e não muito atrás.

Teray e Amber não se falavam desde a fuga, mas, pela conexão, Teray podia sentir o nervosismo da curandeira, que estava tão ansiosa para deixar o setor quanto ele. Ela estava seriamente alerta, e sua consciência agora se misturava à dele, sem escudo. Juntos, cobriam uma área quase duas vezes maior do que conseguiriam sozinhos.

Fazendo apenas breves intervalos para descanso, eles continuaram cavalgando durante a tarde, parando apenas quando necessário, quando eles e os cavalos estavam cansados demais para continuar.

Então acamparam nas colinas, em uma depressão pequena demais para ser chamada de vale. Estavam cercados por colinas baixas e cobertas de capim, por isso, ainda que um padronista que passasse por perto pudesse captar sua presença, ninguém que deixasse de captá-la os veria nem teria motivos para curiosidade. Eles não acenderam a fogueira, fizeram uma refeição fria das rações que vinham conservando. Biscoitos feitos na manhã da partida, água, carne seca e passas. E, pela primeira vez, sentiam-se como os fugitivos que eram.

A noite passou sem imprevistos. Eles dormiam normalmente, já que, uma vez estabelecida, a cobertura de consciência os protegia, estando despertos ou dormindo. Na manhã seguinte, tomaram um café da manhã rápido e modesto e partiram cedo. Não estavam mais no setor de Darah, mas ainda estavam perto o bastante para ficarem apreensivos.

Um pouco da urgência, no entanto, havia desaparecido. Involuntariamente eles tranquilizavam um ao outro, acalmavam um ao outro. Quase não tinham conversado desde que escaparam de Darah, quase não tinham se comunicado de outra maneira além da captação de sentimentos um do outro. Fora o suficiente. Agora, Teray estava em um estado de espírito mais comunicativo. E agora, talvez, tivesse algo a dizer.

— Amber?

Ela se virou.

— De onde conhece Darah?

— Daqui — disse ela. — Da última vez que passei por aqui, Darah não tinha uma curandeira decente e parecia vinte anos mais velha do que agora. Claro que quarenta anos mais velha seria mais preciso. Enfim, eu a ajudei. Eu a considerava uma velha amiga. Até agora.

— Um velho amor, você quer dizer?

Ela ergueu uma sobrancelha.

— Não. Todos os amores dela são homens.

Ele a encarou por vários segundos, estudando-a. Pele dourada, peito pequeno, esbelta, forte. Às vezes, ela parecia mais um menino do que uma mulher. Mas quando se deitavam juntos à noite, tendo mentes e corpos sintonizados, enredados, não havia como tomá-la por nada que não uma mulher. Mas…

— O que você prefere, Amber, de verdade?

Ela não fingiu que não o entendia.

— Vou responder — disse baixinho. — Mas você não vai gostar.

Ele desviou o olhar dela.

— Eu pedi a verdade. Goste dela ou não, tenho que saber.

— Já? — sussurrou ela.

Ele fingiu não ouvir.

— Quando conheço uma mulher que me atrai, prefiro mulheres — disse ela. — E quando conheço um homem que me atrai, prefiro homens.

— Quer dizer que ainda não se decidiu.

— Quero dizer exatamente o que eu disse. Falei que você não iria gostar. A maioria das pessoas que faz essa pergunta quer que eu fique definitivamente de um lado ou de outro.

Ele refletiu.

— Não, se é assim que você é, não me importo.

— Muito obrigada.

— Você sabe que eu não quis ofender.

Ela suspirou.

— Eu sei.

— E não perguntei apenas por curiosidade.

— Não.

— Você arriscou sua vida por mim contra Darah.

— Na verdade, não. Eu a conheço. Conseguiu sobreviver por tanto tempo formando uma Casa solidamente unida e evitando situações que a deixariam em perigo. Ela blefa.

— Ela acreditava que você estava pronta para morrer ao meu lado.

Amber ficou em silêncio por um momento. Depois, deu um sorriso melancólico.

— Eu estava. Ela não é apenas boa de blefe, mas também de lê-los, então eu precisava estar.

— Não, não precisava.

Ela não disse nada.

— Fique comigo, Amber. Seja minha esposa, minha esposa principal, assim que eu tiver minha Casa.

Ela balançou a cabeça.

— Não. Eu te avisei. Eu amo você, imagino que somos próximos demais para não nos apaixonarmos, mais cedo ou mais tarde. Mas não.

— Por quê?

— Porque eu quero a mesma coisa que você. Minha Casa. Minha.

— Nossa...

— Não. — A palavra caiu como uma pedra. — Eu sei o que quero. Poderia ter dado minha vida por você lá atrás se tivéssemos que lutar. Mas jamais poderia dar minha vida *para* você.

— Não estou pedindo a sua vida — respondeu ele, irritado. — Como minha esposa principal, você teria autoridade, liberdade...

— E você teria interesse em se tornar meu marido principal?

— Seja razoável, Amber!

— Estou sendo. Afinal, vou precisar de um marido principal.

Ele a encarou completamente zangado, mas ainda procurando pelas palavras que a fizessem mudar de ideia.

— Por que diabos você ficou dois anos com Coransee se queria sua própria Casa?

— Para apreciar o homem e aprender com ele. Eu aprendi muito.

— Precisava disso mesmo com o que já havia recebido de Kai?

— Precisava. Não queria ser apenas uma cópia de Kai, dependente das memórias dela. Clayarcas. Teray.

O tom dela não mudou ao dar o aviso, mas, por meio da conexão, ele logo percebeu o temor dela. Ela tinha motivos para estar temerosa. Havia captado a dianteira de uma grande horda de clayarcas, talvez a mesma tribo que notaram dias antes. Vinham por trás de Teray e Amber, aproximando-se da direção do setor de Darah. Era possível que tivessem atacado uma das Casas.

Teray e Amber haviam atravessado as colinas para enfim retornar à antiga trilha costeira, mas os clayarcas ainda estavam nas colinas. Pelo modo como estavam se movendo, pretendiam ficar por ali, onde havia caça e plantas comestíveis. Os clayarcas seguiam um curso quase paralelo à trilha costeira. Era possível, e até provável, que passassem pelos dois padronistas sem nem mesmo vê-los. A menos que mudassem de rumo. Ou a menos que se dispersassem mais. Ou a menos que já tivessem avistado Teray e Amber do ponto mais elevado em que estavam antes de estarem ao alcance dos padronistas.

Era uma possibilidade real. Os clayarcas sabiam que dois padronistas sozinhos não ousariam atacar uma tribo.

— Se não andarem mais depressa — disse Teray —, podemos nos manter à frente deles.

— Não tenho tanta certeza de que não preferiria estar atrás deles. Não gosto da ideia de que são eles que nos conduzem.

— Deveria haver algumas ruínas da era silente não muito distante de onde estamos. Talvez os clayarcas fiquem ali por algum tempo.

— Acho que não. Já passei por essas ruínas. Não há espaço suficiente para abrigar uma família de clayarcas, quanto mais toda uma tribo.

— Não era o que dizia uma das pedras que estudei.

— Então a pedra estava desatualizada. Acho que pessoas do setor de Darah destruíram as ruínas, pois atraíam clayarcas.

Fazia sentido. Era o motivo pelo qual a maioria das antigas ruínas silentes tinham sido destruídas ao longo dos séculos, pelo menos no Território Padronista. Mas ele não estava no estado de espírito de ser prudente.

— Talvez eles parem lá por hábito — insistiu Teray. — Quer parem ou não, é melhor nos mantermos à frente deles.

— Ou encontrarmos algum esconderijo e os deixar passar.

— Não. Se pararem depois de nos passar, vão se espalhar. Vamos ter de contorná-los voltando pelas colinas.

— Ótimo. Pelo menos estaremos vivos para fazer o desvio. Se ficarmos à frente deles e eles decidirem sair das colinas, não teremos para onde ir.

Pelo menos em parte, Teray sabia, ela estava certa. Ela estava sempre certa. Ele estava ficando cansado disso.

— Escute — disse ele —, se quiser ficar aqui e deixar que eles passem por você, fique à vontade.

— Teray…

Ele a olhou com raiva.

— Não podemos permitir isso. Somente as pessoas seguras e protegidas pelas Casas podem permitir que suas emoções atrapalhem seu julgamento.

— Você quer ficar para trás?

— Sim. Mas não vou fazer isso. Vou ficar com você, a menos que os clayarcas comecem a se deslocar na nossa direção. Se isso acontecer e você ainda não tiver se acalmado, vou ficar para trás e observá-lo ir ao encontro deles.

E aquilo, pensou ele com amargura, provavelmente era o mais próximo de uma vitória que conseguiria contra ela. Com certeza ela lhe fez um favor se recusando a se tornar sua esposa.

Os clayarcas ganharam um pouco de velocidade, e havia um número maior deles ao alcance. Sem pensar, Teray e Amber também se moviam mais rápido. Então, os clayarcas começaram a ganhar velocidade de novo.

Naquele momento, Teray percebeu que ele e Amber estavam sendo perseguidos, ou impelidos. De repente, não havia mais dúvidas sobre o que deveriam fazer. Tinham que encontrar um esconderijo, um lugar onde eles pudessem resistir. Não poderiam fugir se os clayarcas estivessem cientes da presença deles e tencionando capturá-los.

Teray procurava depressa um lugar onde pudessem se abrigar. Em meio à busca, os clayarcas aceleraram e se viraram na direção dos dois padronistas.

Clayarcas eram, no mínimo, magníficos espécimes físicos. Correndo sem restrições em terreno plano, podiam atingir cerca de cem quilômetros por hora. Sim, estavam correndo em terreno montanhoso, mas estavam correndo.

Adotavam uma espécie de formação de cunha voadora e se refreavam, não corriam tão depressa quanto permitia o terreno montanhoso. Mesmo naquela velocidade, porém, eles poderiam atropelar um cavalo. Sem interferência, poderiam ultrapassar os cavalos correndo, parar mais depressa do que qualquer criatura que se movesse naquela velocidade, virar e atirar no cavalo e no cavaleiro que passasse por ali. Eles eram conhecidos por fazer coisas assim com silentes. Sabe-se que os mais ousados atacavam diretamente o cavalo e o cavaleiro, saltando no lombo ou no pescoço do cavalo. Eles pareciam totalmente alheios ao risco que corriam se percebessem uma oportunidade de matar os inimigos.

A todo galope, Teray e Amber passaram por um bosque, ignorando as árvores, que não lhes ofereciam proteção suficiente. Havia pedras à frente, projetando-se da areia e estendendo-se em intervalos irregulares até a rebentação. Teray pôde ver um lugar onde elas pareciam altas e largas o suficiente para dar abrigo até mesmo aos cavalos. Ele direcionou a atenção de Amber para lá e deixou que ela garantisse que chegassem ali. Voltou sua atenção para os clayarcas.

Surpreso, ele percebeu que estavam ao alcance da vista. Olhou para trás para verificar a distância e os viu primeiro como uma fileira, depois como uma onda que vinha do topo de uma colina, perto demais, atrás dos cavalos em fuga.

Ele começou a matar.

Os primeiros morreram facilmente, com as pernas desabando sob os corpos, que, impelidos pela velocidade, rolavam sem parar, fazendo tropeçar os que vinham atrás e não os viam a tempo, obrigando que alguns se esquivassem ou saltassem pelo repentino emaranhado de corpos.

Ouviu-se um som semelhante ao latido de cães de caça, e a formação se dissipou. Centenas de clayarcas se espalharam aos uivos, distanciando-se uns dos outros, alguns acelerando, outros desacelerando, muitos mantendo-se além da colina, onde não podiam ser vistos, onde a presença da maioria deles nem sequer podia ser captada. Alguns saíram correndo das colinas, aproximando-se velozes em direção aos dois padronistas até que Teray os derrubasse.

O tiroteio começou.

Com o movimento ondulante dos flancos, os cavalos alcançaram as rochas, ultrapassando-as e recuando conforme mais tiros ressoavam. O cavalo de Teray tropeçou e quase caiu. Ele não percebera, até saltar, que o animal tinha sido atingido. Mesmo assim, sua atenção permaneceu voltada para os clayarcas espalhados. Ele só tinha uma consciência periférica de Amber ao lado do animal, praguejando e, aparentemente, curando-o. Os clayarcas costumavam atirar nos cavalos dos padronistas, uma vez que atirar nos padronistas em si não era imediatamente eficaz. Um padronista a pé ao menos era um alvo que se movia mais devagar.

Amber controlou totalmente os cavalos por um instante, fez com que se deitassem ao abrigo das rochas e depois os deixou inconscientes. Era mais seguro assim. Eliminava a possibilidade de se assustarem ou fugirem e se perderem. Teray percebeu que Amber desviou a atenção dali, virando-se para ajudá-lo. Então, bruscamente, a atenção dela se dirigiu a outro lugar.

Ele precisava da força dela para ampliar sua percepção, para alcançar os clayarcas que haviam escapado recuando para as colinas e que agora tentavam se aproximar deles, atirando de um ângulo melhor. Eles estavam conseguindo se manter pouco além do alcance. Ele a olhou irritado.

Ela encarava o espaço, a mente dela fechada para ele exceto pela conexão, que ela não estava usando. Ele percebeu de repente que ela estava se comunicando com alguém. Outro padronista. Por meio da conexão, ele recebeu impressões sombrias do medo, do desespero e da frustração que ela sentia. Apenas uma pessoa poderia despertar emoções do tipo. Coransee.

Ele se virou, furioso, e esquadrinhou a área em busca de clayarcas. Encontrou apenas alguns ao alcance, além dos que matara instantaneamente. Depois, voltou-se para Amber.

— A que distância ele está? — Ele não queria estabelecer comunicação e tocar o irmão. Isso aconteceria em breve. Aconteceria quando ele tentasse, pela segunda vez, matar Coransee.

— Não muito longe daqui. Chegará em alguns minutos. — A voz de Amber soou séria e distante. Ela ainda estava em comunicação com Coransee. Teray agarrou-a pelos ombros e sacudiu-a.

— Desligue-se dele!

Os olhos dela voltaram a se concentrar nele com intensidade. Ela se manteve imóvel, fuzilando-o com o olhar até que ele a soltasse.

— Se ele já está quase chegando, com certeza você pode esperar um pouco para falar com ele.

O olhar dela se suavizou. Ela suspirou.

— Eu estava tentando negociar com ele.

Ele esquadrinhou mais uma vez em busca de clayarcas e não encontrou nenhum, mas agora estava ciente das formas maiores de vários cavalos e cavaleiros que se aproximavam. Os clayarcas estavam indo embora. Coransee tinha um grupo de mais ou menos dez (sim, dez) pessoas com ele. Pelo visto, eram mais padronistas do que os clayarcas julgavam-se capazes de capturar e matar. O tiroteio havia cessado.

Teray suspirou e voltou outra vez sua atenção para Amber.

— Imagino que tenha falhado... em sua negociação.

— Acho que sim.

Ele a envolveu com o braço.

— Eu poderia ter lhe dito que falharia. Mas, mesmo assim, obrigado.

— Ele quer levá-lo vivo.

— Mas não vai.

Ela estremeceu.

— Se eu e você não fôssemos tão próximos, tentaria fazê-lo mudar de ideia.

— Não.

— Eu sei. Somos parecidos nisso. Teimosos além do razoável.

Ele a olhou por um momento prolongado e depois puxou-a para si.

— Olhe, quero que você fique fora do que acontecer quando ele chegar aqui.

— Não.

Ele a afastou, alarmado.

— Amber, estou falando sério. Não podemos afugentá-lo como fizemos com Darah. Ele vai matá-la.

— Talvez. Mas ele com certeza vai matá-lo também, se você estiver sozinho.

Ele cortou a conexão com ela e quase ofegou ao sentir a terrível solidão repentina. A solidão nunca lhe parecera terrível antes. Passara a depender da conexão mais do que teria imaginado.

— Teray — implorou ela —, por favor. Esse não é um confronto comum. Ele o transformou em forasteiro ilegalmente. Você não o desafiou. Não deseja nada do que ele tem. Ele está completamente errado, mas ainda assim vai matá-lo. Você só terá chance se eu puder lhe ajudar.

— Eu disse que não. Ele vai me enfrentar sozinho, sem o apoio de ninguém do povo dele. É assim que terei de enfrentá-lo.

Ela olhou para os cavaleiros, agora visíveis descendo a trilha.

— Vá para o inferno com seu orgulho estúpido — disse. — Você esqueceu que eu, assim como você, também não quero voltar para Redhill. É melhor se conectar comigo de novo, porque quando ele bater em você, vou poder bater nele. Se não estivermos conectados, um de nós corre o risco de ser morto, sem fazer nenhum bem ao outro.

— Amber, não...!

— Conecte. Agora!

Ele se conectou, furioso com ela, quase odiando-a, sem sentir nenhuma gratidão. Orgulho. Ele estava tentando salvar a vida dela.

Ele se levantou para encarar Coransee e seu povo. Amber estava ao lado de Teray, perto o suficiente para conscientizar Coransee de que a chegada dele não a fez mudar de lado. Foi com ela que Coransee falou enquanto apeava do cavalo. Ele se aproximou, mas seu povo ficou atrás, ainda montado, pelo visto atentos aos clayarcas.

— Suponho que você não o convenceu a se submeter.

— Não tentei.

— E você vai ficar com ele. Achei que fosse mais inteligente.

— Não, achava que eu tinha mais medo de você. Estava enganado.

Ele se afastou dela soltando uma interjeição de contrariedade.

— Teray... Você realmente quer morrer aqui?

— Morrerei aqui ou irei para Forsyth. Nada vai me fazer voltar para Redhill com você.

Coransee franziu a testa.

— Afinal, o que esperava encontrar em Forsyth?

— Refúgio. — Coransee descobriria mais cedo ou mais tarde, de qualquer maneira.

— Refúgio? Por quanto tempo?

— Mesmo que fossem apenas alguns meses, pelo menos eu os passaria em liberdade.

— Você os gastaria aprendendo tudo o que pudesse para me derrotar.

— Só porque você não me deu escolha.

— Dei-lhe uma escolha muito simples, e você... — Coransee parou e respirou fundo. — Não faz sentido discutir isso de novo. Acredite ou não, eu realmente não quero matá-lo. Olhe... Vou dar a você mais uma escolha.

— Que escolha? — perguntou Teray, desconfiado.

— Não chega a ser uma escolha, talvez. É só que, mesmo com a nossa ascendência, me pergunto cada vez mais o tamanho da ameaça que você pode se tornar.

Teray ignorou o insulto implícito nas palavras de Coransee.

— Se me deixasse em paz, eu não seria ameaça nenhuma para você. Já disse isso.

— E isso ainda não significa nada. Não são suas promessas que me interessam, mas seu potencial, e isso é algo que só posso especular. Rayal seria capaz de fazer mais do que apenas isso.

— Você quer que Rayal me avalie?

— Sim.

— O que aconteceria se ele descobrisse que eu... não tenho o potencial para derrotar você? — Era uma pergunta humilhante. Tanto fazia as palavras que ele usasse, pois, na verdade, estava dizendo: *O que fará comigo se eu for fraco demais para me opor a você?*

— O que você quer que aconteça?

— Quero minha liberdade!

— Nada mais?

— Ficar livre de você será suficiente.

Coransee sorriu.

— Você não me pediria mais, não importa o quanto quisesse, não é, irmão?

Teray não disse nada.

— Não importa. Está disposto a ser avaliado por Rayal?

— Sim.

— Vamos para Forsyth, então. Estamos quase lá e, em todo caso, quero ver Rayal. Mas há mais uma coisa. Somente as descobertas de Rayal podem libertá-lo. Você vai para Forsyth como meu forasteiro.

Teray deu de ombros.

— Minha propriedade.

— Você me capturou.

— Diga as palavras.

Teray fixou os olhos nele com um ódio silencioso.

— Já perdi muito tempo com você, Teray. Diga as palavras ou me enfrente agora.

Diga as palavras e desista do direito ao refúgio em Forsyth, caso a decisão de Rayal implique que ainda precisaria de proteção. Diga as palavras que mais tarde poderiam ser extraídas de sua própria memória e usadas para condená-lo. Ou se recuse a dizê-las e morra.

— Sou seu forasteiro — disse Teray calmamente. — Sua propriedade.

7

O tempo parecia suspenso. Os treze cavaleiros cavalgavam em pares, com Coransee sozinho na liderança. Teray e Amber iam logo atrás dele, ainda conectados, mas descansavam, não estavam mais atentos aos clayarcas. Havia outros onze que poderiam vigiar. Teray sentiu seu próprio cansaço ecoado sombriamente pelo de Amber. Eles não tinham se permitido perceber como a vigilância constante fora exaustiva, especialmente durante as últimas vinte e quatro horas. E mesmo assim acabaram capturados justamente pela pessoa de quem tentavam escapar.

Teray olhou para Amber e percebeu em seu rosto não apenas cansaço, mas também amargura. Percebeu imediatamente que o acordo que ele e Coransee haviam feito não a incluía de modo algum. Ela fugira de Redhill porque Coransee lhe negava independência e tentava mantê-la contra a vontade dela. E agora ela voltara a ser dele. Teray, pelo menos, tinha uma chance de liberdade, mas ela era prisioneira, a menos que quisesse testar contra Coransee seu talento de curandeira para um rápido assassinato. E ela já havia admitido que tinha medo dele.

De repente, Teray incitou seu cavalo a avançar para o lado de Coransee. Ele não podia abandonar a mulher, não podia permitir que ela fosse atraída de volta ao cativeiro sem ao menos tentar ajudá-la. Ela o ajudara. O tiro ressoou exatamente ao mesmo tempo que Teray avançou.

Sentiu o impacto da bala com tanta força que pendeu para o lado, quase desabando do cavalo. De alguma maneira conseguiu se segurar, já consciente da dor crescente, mas estranhamente entorpecida. Foi então que percebeu que não fora ele quem levara o tiro, mas Amber.

Cumprindo muito bem seu papel, a conexão deu a ele uma parcela tão grande da experiência dela que, se estivessem sozinhos, ele também poderia ter sido atingido enquanto se recuperava. Mas ele não estava sozinho.

Percebeu pelas expressões alertas e intensas dos forasteiros e das mulheres que todos já estavam procurando o atirador clayarca. O grupo havia parado. Teray deixou a caçada para eles, apeou e foi ajudar Amber.

Ela não havia caído. Estava curvada, tossindo sangue, lutando desesperadamente para se manter viva. Havia levado um tiro no pescoço. Quando Teray a baixou do cavalo, ela pareceu desmaiar. Ele sentiu o peso morto dela e só a conexão lhe garantia que ela ainda estava viva.

Ele a carregou até a areia fofa da praia, colocou-a no chão e ajoelhou-se ao lado dela por um momento, se questionando se seria perigoso perturbá-la com uma oferta de ajuda. Ela precisava de ajuda? Um ferimento como aquele provavelmente teria matado uma não curandeira antes que outra pessoa pudesse fazer algo a respeito. Ela não estava apenas sobrevivendo, mas trabalhando para se curar. Teray sentiu uma mão em seu ombro. Ergueu os olhos, surpreso, conforme Coransee se ajoelhava ao lado dele.

— Você parecia estar prestes a entrar em contato com ela — disse o Preceptor.

— Para ajudá-la. Ela pode precisar.

— Não. Já a vi sofrer um ferimento grave antes. Ela se sai melhor se for deixada em paz.

Teray o olhou desconfiado, refletindo se ele sabia do que estava falando. Mas a conexão não transmitia mais angústia. Amber se livrara da dor e não estava mais sangrando nem pelo ferimento no pescoço nem pela boca. Ela parecia no controle. Teray decidiu deixá-la em paz, a menos que ela voltasse a parecer estar com dificuldades. Ele se levantou, foi até o cavalo e pegou um lenço limpo. Molhou-o no cantil e trouxe-o para limpar o sangue do rosto e do pescoço dela. Coransee observou-o em silêncio por um instante e depois disse:

— Você estava acelerando um pouco antes de o tiro a atingir?

— Sim, para falar com você. Para falar sobre ela, na verdade.

— Interessante. Pelo que Lias, que estava logo atrás de Amber, me disse, se você não tivesse se movido naquele momento, a bala teria atingido você.

Teray refletiu e assentiu lentamente.

— Provavelmente, era em você que eles estavam mirando. Você teve sorte.

— Onde estava o clayarca?

Coransee apontou para o interior, em direção às colinas.

— Ele estava no alto e bem recuado, mas esperou até que você e Amber estivessem quase na frente dele. Espero que eles não tenham muitos rifles ou fuzileiros que possam disparar assim.

— Bom, pelo menos agora eles têm um a menos.

— Não. Nós o perdemos.

Teray fixou o olhar em Coransee, incrédulo.

— Todos vocês? Não conseguiram pegar um clayarca?

Coransee ergueu a sobrancelha.

— Foi o que eu disse, irmão.

Teray ouviu a advertência na voz do homem e a ignorou.

— Não entendo como poderiam deixá-lo escapar. Vocês são tantos… — De repente, algo lhe ocorreu. — O Senhor está conectado a alguém?

— Não, mas os outros estão conectados em duplas.

E o alcance de uma dupla interligada seria pouco melhor do que o alcance de Coransee sozinho. De que adiantava Coransee ter dez pessoas consigo se não as usasse de maneira sensata? Teray se viu fuzilando o Preceptor com os olhos, em franca acusação.

— Culpa? — questionou Coransee calmamente. — O que estamos fazendo aqui, na divisa entre setores com os clayarcas, Teray? Por que estamos aqui?

Teray emitiu um som de repulsa.

— Tudo bem, faça com que a culpa seja minha, se quiser. Mas você sabe tão bem quanto eu que deveria se conectar com pelo menos alguns do seu povo. Poderia ser capaz de fazer isso com alguns deles, mesmo que não estejam perto de você. Inferno, é você quem quer ficar com o Padrão. Você vai se conectar com todo mundo. — Ele percebeu que Coransee estava ficando com raiva, mas não se importou.

— Sabe — disse Coransee baixinho —, eu o teria interrompido se não percebesse que está falando movido por seus sentimentos pela mulher. Mas, mesmo assim, você já disse o suficiente.

Teray viu que Amber já respirava normalmente. Por um tempo, ela mal parecia estar respirando. Mas estava se recuperando. A ferida já estava fechada. Ela ficaria bem. E aquilo não aconteceria de novo porque, cansados ou não, ele e Amber não dependeriam da proteção e da vigilância dos outros. Eles cuidariam de si mesmos como antes, trabalhando juntos, sem deixar nada escapar à sua consciência combinada e ampliada. Viajaram sozinhos e em segurança durante dias. Agora, em meio a um grupo de padronistas fortes, os clayarcas os atingiram. Não se podia confiar em Coransee nem para proteger pessoas que ele afirmava serem suas.

Teray tocou Amber no braço e soube que ela estava ciente dele, que se confortava com sua presença. Ele a observou em silêncio por vários segundos, depois falou com Coransee.

— O Senhor está certo, eu falei por amor a ela. Eu… O Senhor pretende ficar com ela?

— Sim.

— Era o que temia. Se as descobertas de Rayal me libertarem, você me deixará comprá-la?

— Comprá-la com o quê?

— Com serviço, irmão, trabalho. Planejava nunca mais ver Redhill se ficasse livre. Mas voltarei e trabalharei em tudo o que me pedir, se meus serviços a comprarem.

Coransee, porém, já estava balançando a cabeça.

— Você pode voltar para Redhill, para minha Casa, caso fique livre. Mas ela não está à venda. — Coransee deu um sorriso breve. — Você nunca seria capaz de mantê-la, de qualquer forma.

— Eu não tentaria mantê-la contra a vontade dela. Eu a quero como minha esposa, não como minha prisioneira.

— Você não a terá de nenhuma maneira. Pelo menos não até que me canse dela. Mas você terá o mesmo acesso a ela que qualquer outro forasteiro caso volte comigo.

Amber abriu os olhos e olhou para Teray, depois para Coransee. Não disse nada. Talvez ainda não fosse capaz.

— Obviamente — disse Coransee a Teray —, pode ficar com tudo caso decida parar de lutar comigo. Amber será o mínimo que você receberá.

Ela se sentou, fechou os olhos por alguns segundos, depois os abriu e se levantou. Ainda sem falar nada, caminhou até o cavalo, pegou o cantil e deu vários passos até uma grande pedra. Recostou-se na rocha, chutou um pouco de areia e vomitou na depressão que havia cavado. Quando terminou, lavou a boca e tomou um longo gole de água. Chutou areia para dentro da depressão, virou-se e veio na direção deles, comendo algo que Teray não a vira tirar do cavalo. Os olhos dela estavam em Coransee.

— Sou independente, Senhor — disse, levemente rouca. — Sou independente porque a maioria das pessoas percebe quantos problemas posso causar se tentarem me prender.

— Você acha que eu não sei, depois de dois anos?

— Acho que não refletiu o suficiente a respeito.

— Isso soa como um aviso.

— Ótimo. Pelo menos você me conhece bem o bastante para perceber isso.

Ele a atingiu bem quando ela estava se virando. Ela se protegeu tarde demais para conseguir escapar da força do golpe. Caiu de joelhos e fixou em Coransee um olhar cheio de ódio.

— Eu a levei para minha Casa — disse ele. — Você me pertence. Não pode me dar avisos.

— Só vou lhe dar este! — A voz dela era um sussurro áspero. — Bata em mim de novo e acabará sem mais nenhum órgão intacto no corpo!

Teray ficou entre eles. Colocou-se fisicamente entre eles e enfatizou mentalmente a ligação para que Coransee entendesse a situação.

— Isso não é da sua conta, Teray — falou o Preceptor.

— Senhor, ela acaba de se recuperar de um ferimento que teria matado qualquer outra pessoa. Não pode ao menos esperar até que ela descanse um pouco antes de começar essa briga?

Amber se aproximou de Teray e disse baixinho:

— Fique fora disso, Teray. Você fez seu acordo.

— Fique quieta. — Ele não se preocupou em olhar para ela. Tanto ela quanto Coransee deveriam ser gratos a ele. Ele estava lhes oferecendo uma saída. Uma forma de evitar um confronto potencialmente suicida. Ou, na pior das hipóteses, estava se juntando ao confronto e tornando-o menos suicida para Amber. — Nós somos um — disse a Coransee. — Eu e ela somos um. Atacá-la é o mesmo que me atacar.

Coransee o olhou com leve surpresa.

— Ela vale sua vida, na sua opinião?

— Vale. — Não que ele esperasse pagar com a vida por ficar do lado dela. O momento de maior tensão havia passado. Agora Coransee encontraria uma saída que salvasse as aparências.

— Ela já concordou em ficar com você? — perguntou o Preceptor. Será que Teray tinha sido bem-sucedido no que Coransee tinha falhado?

— Não, Senhor. Na verdade, ela recusou.

Coransee riu alto.

— Então você é mais idiota do que eu pensava.

Teray não disse nada, ficou onde estava. Coransee disse a Amber:

— Você deixaria que ele desperdiçasse a vida ridícula dele por você, garota? Você sabe que eu o mataria.

Amber não respondeu.

— Você pode até ter alguma chance contra mim, já que não sou um curandeiro. Ele não teria chance nenhuma. — Coransee soava como Darah.

— Você realmente quer minha vida agora? — perguntou Amber baixinho. — Está tentando tirá-lo do caminho para poder me matar?

Ele sorriu.

— Duvido que isso seja necessário. Acredite ou não, o que estou tentando fazer é manter vocês dois vivos.

— Então o que quer de mim?

— Por enquanto, uma conexão. Quero que você se abra e me deixe ver que coisa lentamente letal pode já ter feito a meu corpo. Depois, quero uma conexão que me avise se tentar fazer isso outra vez. Só isso, no lugar da surra que você merece.

— Estou conectada a Teray.

— Isso é problema seu... e dele. Para evitar que você me mate, preciso de uma conexão com você. Afinal, você me avisou. Recuse, e terei de matá-la aqui e agora.

Ela manteve o olhar fixo nele por vários segundos, depois olhou para Teray, impotente.

— Se decidir lutar, estarei com você — disse ele.

— Não.

— Temos uma chance. Sua força aliada à minha...

— Não, Teray. — Ela tossiu e depois ficou imóvel por um instante, como se estivesse fazendo algum ajuste interno. — Agora não. E principalmente não com você, a menos que seja necessário. Estou muito cansada, esgotada. Posso decepcioná-lo. — Ela hesitou. — Devo interromper nossa conexão?

— Interromper? Não, é claro que não.

— Mas você se unirá a ele através de mim.

— Apenas por acaso. Ele não será capaz de me ler além do que já faz. Eu e ele estamos muito distantes.

— Mas... Ele estará mais atento a você. Você não será capaz de...

— Pegá-lo de surpresa? Eu provavelmente não conseguiria mesmo. Além disso, se quiser que nossa conexão seja interrompida, não precisa perguntar. Pode simplesmente interrompê-la.

— Não quero fazer isso. Eu deveria, pelo seu bem, mas não quero. Quero você comigo.

Ele apenas a observou, amando-a, desejando-a, sabendo que, de um jeito ou de outro, teria de tirá-la de Coransee. Precisava dela assim como precisava da própria liberdade.

Ela desviou da intensidade do olhar dele e ele sentiu uma centelha de medo nela. Medo dele?

Um instante depois ela se abriu para Coransee. Teray não tinha consciência da comunicação exata que ocorria entre eles. Que eles mantinham em sigilo. Apenas por meio da conexão pôde sentir o medo dela se expandir de repente, transformar-se em um instante de terror e diminuir em seguida, quando ele estava prestes a interferir. Diminuiu para raiva, humilhação, ódio.

Então, quando as emoções se acalmaram, Teray percebeu que Coransee fazia parte da conexão. O Preceptor era um intruso, indesejado, provocando desconforto à conexão pela primeira vez. Teray tentou se livrar da sensação de ser invadido mentalmente. Sabia que Coransee não conseguiria alcançar seus pensamentos a menos que ele se abrisse. No entanto, o sentimento não desapareceu.

Teray passou a mão pelos cabelos, perguntando-se como poderia aprender a conviver com uma sensação daquelas. A sensação de ser constantemente vigiado, espionado, por uma presença hostil.

Cerrando a mandíbula, Amber pegou na mão dele e a segurou. Teray percebeu como ela devia estar mais consciente da sensação. Ela estava diretamente conectada. Ele só a recebia através dela. Por meio da conexão, ele lhe ofereceu uma força de sustentação. Depois de um instante de dúvida, ela aceitou.

De um sobressalto, ele percebeu que ela estava à beira do colapso. Curar uma ferida tão grave quando já estava exaurida a enfraqueceu muito. E apesar de ter comido alguma coisa, ela ainda estava com uma fome voraz. Ele colocou o braço em volta dela.

— Podemos descansar aqui um pouco? — perguntou a Coransee. — Você provavelmente consegue sentir como ela está destruída.

— Está? — Coransee olhou para Amber. — Diga a ele o que você ia fazer comigo.

— Que diferença faz? Não posso fazer nada agora sem alertá-lo de antemão.

— Mandei dizer a ele!

Ela olhou para Teray antes de baixar os olhos para a areia.

— Eu ia tentar matá-lo esta noite, enquanto ele dormia. Do modo como matamos clayarcas. Poderia ter funcionado se o pegasse completamente desprevenido.

Coransee assentiu com seriedade.

— Sempre que quiser tentar a sorte, curandeira, você pode me enfrentar. Mas será cara a cara, nós dois bem despertos.

Ela não disse nada.

— Agora, está pronta para continuar ou está muito cansada?

— Estou cansada, Senhor, mas posso continuar.

Teray começou a protestar, mas o olhar que Amber lhe lançou o manteve em silêncio.

— Então, montem em seus cavalos — ordenou Coransee. Ele se afastou, gritando para os outros também montarem.

— A essa altura — disse Amber em voz baixa —, acho que ele já teria me matado independentemente do dano que eu lhe causaria antes de morrer; me matado e me deixado aqui. Ele está com raiva o suficiente para correr o risco. Ele ainda tem a coragem de ficar indignado quando percebe outra pessoa tentando se aproveitar da situação de modo injusto.

— Você realmente teria feito isso?

— É evidente que teria. É por isso que ele está tão irritado... E é por isso que está mais do que preocupado. Ele está começando a pensar. Refletindo como está longe do curandeiro mais próximo, além de mim. Deus, gostaria de não me sentir tão fraca!

— Eu deveria tê-lo atacado no momento que o vi.

— Você não desistiu, não é?

Ele a olhou, assustado.

— É claro que não.

— Ótimo. Porque acho que ele está planejando algo para você. Recebi algo dele enquanto ele bisbilhotava meus pensamentos. Não pude ver muito, mas era hostil e era contra você.

— Isso não é nenhuma surpresa.

— É que... não sei. Parece que ele mentiu para você sobre alguma coisa.

— Sobre o quê? Deixar que eu vá para Forsyth ou...?

— Não sei. Tenho que pensar melhor a respeito. Conto assim que achar que descobri. Espero contar a você antes de contar para ele.

Teray voltou os olhos para Coransee.

— Você acha que terá de se abrir para ele outra vez?

Ela sorriu, cansada.

— Se você fosse ele, Teray, confiaria em mim?

* * *

Eles viajaram pelo resto do dia, e Teray oferecia a Amber toda a força de que ela precisasse. Ela aceitou apenas até encontrar nas rações alimento o suficiente para se estabilizar. Recusou a oferta das rações de Teray.

— Se aquele atirador ainda estiver por aí, você pode acabar precisando delas — disse-lhe Amber.

A consciência que Teray tinha da conexão com Coransee havia sumido e agora não passava de um incômodo. O que deixava Teray tenso, tornando-o mais desconfiado do que o necessário, mas era melhor assim. A cobertura de sua consciência, estendida como prometera que seria, cobria uma área ainda menor dos arredores do que normalmente cobriria sem ajuda. Não só porque havia dado parte de sua força para ajudar Amber, mas porque ele também estava cansado. Estava preocupado com o atirador clayarca. Se a criatura disparasse novamente da mesma distância que atingiu Amber, Teray não teria chance de captar sua presença.

Além disso, havia a possibilidade que Teray não teve tempo para pensar. A possibilidade de Coransee estar mais certo do que imaginava quando suspeitou que o clayarca estava mirando em Teray.

Naquela noite, acamparam junto a uma longa saliência rochosa. Não ouviram nem captaram mais nada vindo dos clayarcas, mas uma das mulheres de Coransee captou a presença de uma corça nas colinas e a atraiu. Depois que todos comeram, Teray chamou Coransee de lado.

O Preceptor aparentemente havia superado a raiva, ou só continuava com raiva de Amber. Seguiu Teray para longe do grupo, longe o suficiente junto à borda da rocha para não serem ouvidos. Lá, Teray contou a Coransee sobre o clayarca com quem conversou antes de deixar Redhill.

— Senhor, ele me reconheceu — finalizou. — Sabia que sou filho de Rayal.

— Então você acha que o atirador de hoje de fato mirou especificamente em você, e não no padronista mais habilidoso.

— Acho possível. E acho que pode voltar a acontecer, com qualquer um de nós. Afinal, eles capturaram pelo menos um de seus silentes, então provavelmente sabem que você também é filho de Rayal. Podem até saber como Rayal está perto da morte.

Coransee franziu a testa, pensativo.

— Eles capturaram mais de um silente meu ao longo dos anos, mas esse último... Você está certo. Ele teria muito para contar. E quanto ao clayarca que o identificou, você o matou, não?

— Não.

Coransee ergueu a sobrancelha.

— Deveria ter feito isso, mas não o matei. Não há desculpa.

Coransee desviou o olhar, exasperado.

— Sabe, aqueles quatro anos a mais na escola não lhe fizeram bem.

Sem dizer nada, Teray virou-se para voltar para perto do fogo. Havia dado seu recado. Poucas horas antes, Coransee cometera um erro que quase custara a vida de Amber. Um erro sobre o qual o Preceptor não apenas não queria que lhe falassem, mas que ainda não tinha se preocupado em corrigir. Certamente não se conectara a Amber para ampliar o alcance de sua consciência.

— Irmão!

Teray olhou para ele.

— Volte — disse Coransee, sem rodeios. Como se estivesse chamando um animal, pensou Teray. Ou um silente. — Irmão!

Teray pôs-se a voltar.

Coransee encostou-se na saliência, relaxado.

— Mande a mulher vir até mim.

Teray o olhou em silêncio por um instante.

— Amber?

— É óbvio que é Amber. Mande-a vir até mim.

Era direito dele desde que reivindicou a posse de Amber. Nenhuma mulher de sua Casa tinha o direito de recusá-lo. As mulheres poderiam recusar qualquer outro homem, se quisessem, menos ele.

— Se você a quer — respondeu Teray —, chame-a por conta própria. — Coransee poderia chamá-la sem sair de onde estava nem dizer uma palavra em voz alta. Mas preferiu humilhar Teray.

Coransee sorriu.

— É menos provável que ela faça algo tolo se você mandá-la vir até mim.

— Quem está fazendo algo tolo é você, pressionando-a mesmo sabendo que, se ela o atacar aqui, a quilômetros de qualquer lugar, você pode matá-la, mas não antes que ela o machuque mortalmente.

— Eu a estou pressionando mesmo. Isso se aplica a você também, irmão.

Teray o observou, compreendendo o desafio, ignorando-o.

— Você ficou ao lado dela hoje e tentou convencê-la a me atacar. Você se ofereceu para ajudá-la. Espera que o agradeça por isso? Se você fosse qualquer outra pessoa, já estaria morto. Agora vá e convença a mulher a vir até mim sem alarde, a menos que queira descobrir até que ponto posso machucá-la sem me prejudicar no processo.

Teray surpreendeu completamente a si mesmo e a Coransee. Socou com força o rosto do Preceptor.

Pego de surpresa, Coransee tropeçou e caiu no chão.

Teray se virou e, sem pressa, voltou para o grupo. Estava tenso e pronto para se defender caso Coransee atacasse, mas, surpreendentemente, o Preceptor o deixou ir.

Amber não estava junto à fogueira. Ele olhou em volta e a viu preparando o catre a uma curta distância dos outros, perto da elevação. Ela se virou para olhá-lo com apreensão conforme ele se aproximava.

— Não pude deixar de sentir um pouco do que aconteceu pela conexão — afirmou ela. — Pelas emoções de ambos os lados, pensei que vocês dois iriam resolver isso agora mesmo.

— Ele quer você — disse Teray, com a voz inexpressiva.

Ela o encarava ajoelhada sobre os cobertores. Então, depois de um instante de surpresa, se levantou e afastou-se alguns passos, ficando de costas para ele. A fúria contida que ele sentiu nela o alarmou. Aproximou-se dela e colocou as mãos em seus ombros. Ela se virou, caindo em seus braços.

— Eu gostaria de quebrar as pernas dele e deixá-lo aqui vivo para os clayarcas — murmurou. — Sinto muito, Teray.

— Sente muito por quê?

— Sinto muito por ser útil a ele contra você. — A voz dela tornou-se amarga. — Ele não está mais nem aí para mim, só quer me destruir. Está fazendo isso para humilhar você.

— Eu sei.

— E não é só isso que ele está fazendo. Enfim percebi a mentira que contou para você. Deveria ter notado desde o início.

— Sim?

— Ele não o está levando a Forsyth para ser avaliado por Rayal. Ele mesmo já o avaliou. Está levando-o para Forsyth para matá-lo. Ele é tão cauteloso com você quanto é comigo, e quer ter por perto alguém capaz de curar qualquer dano que você possa causar a ele. Enquanto isso, se contentará em apenas humilhá-lo.

— Você dá ao pouco que tirou da mente dele todo esse significado?

— Sim. E tudo se encaixa perfeitamente. Eu o conheço, Teray. Sei como ele mente. Você também deveria saber, a essa altura.

— Mas ele poderia ter me matado em Redhill.

— Por que faria isso? Você ainda estava agindo como um forasteiro bom e respeitoso. Ainda estava cumprindo suas ordens. Havia a chance de você recobrar o juízo e se submeter. Mas então você fugiu... Para Forsyth, ainda por cima, e comigo. — Ela respirou fundo e passou a falar mais devagar: — Bom, pense nisso. Reconheço que são suposições, mas estou certa do que estou falando. Se você decidir que concorda comigo, é melhor começar a pensar no que vai fazer.

Ela se abaixou para pegar um cobertor. Ele a segurou pelo braço. Eles se levantaram, um de frente para o outro.

— Você não disse tudo — falou Teray. — Há bastante ansiedade na conexão revelando que você deixou de fora algo importante.

Sem falar, ela interrompeu a conexão.

A solidão o atingiu como um impacto físico.

— Por que fez isso? Qual é o seu problema?

— Quer que eu fique conectada a você enquanto estou com ele?

Compreendendo, Teray fez uma careta. Pela segunda vez naquele dia, a extrema proximidade transformava a conexão em uma desvantagem.

— Tudo bem — disse ele. — Você tinha motivos para interromper a conexão. Mas não fez isso imediatamente. Eu sei que alguma outra coisa a está incomodando.

— É pessoal — afirmou ela. — Coisa minha.

Vindo de qualquer outra pessoa, aquilo teria sido suficiente para detê-lo. Mas ele a conhecia melhor do que jamais conhecera qualquer outra pessoa. Não acreditava que ela de fato quisesse que ele parasse.

— Diga — prosseguiu ele, com calma. Ainda segurava o braço dela, mas ela o tirou de sua mão.

— Você é tão idiota quanto eu — disse. — Procurando mais problemas quando já há tantos.

— O que você fez que considera idiotice?

Ela deu uma risada curta e sem alegria.

— É apenas meu senso de oportunidade, Teray. Decidi que queria um filho seu. E como não sabia quanto tempo ficaríamos juntos, não quis esperar.

Por um instante, a surpresa de Teray o deixou sem palavras. Por fim:

— Quer dizer que está grávida?

— Ah, sim. E acredite, não teria lhe contado se Coransee já não tivesse descoberto. Ele percebeu assim que me abri.

— Mas você se abriu para mim e eu não vi...

— Você não bisbilhota como ele. É praticamente uma arte para ele. É capaz de levantar toda a vida de quem se abre para ele.

— Ele é a última pessoa que deveria saber disso. — Teray franziu a testa. — Inferno, ele tem o direito de matar o bebê se quiser, já que ele nos reivindica e não nos deu permissão para ter um bebê.

— Ainda nem é um bebê. Só faz alguns dias, é só um amontoado de células em crescimento.

— Você deveria ter me contado. Não consigo entender por que ele ainda não o matou.

— Eu não permiti — disse ela. — Porque, do jeito que estão as coisas, não tinha certeza se você estaria por perto para me dar outro filho.

Teray estremeceu.

— Que encorajador.

— Só não deixe que ele o leve para Forsyth.

— Como você o impediu de matar o bebê?

— Permiti que ele visse como estou determinada a tê-lo. Ele decidiu me deixar esperar até chegarmos a Forsyth também.

— Ele disse que o mataria em Forsyth?

— Não, ele se distanciou sem comentários. Distanciou-se daquela maneira especial que significa: "Mais tarde". — Ela suspirou. — Acho que só quer matar o bebê por vingança, porque me recusei a ter um filho dele.

Teray franziu a testa.

— Preciso avisar que não estou ignorando os avisos que está me dando sobre Forsyth.

— Não achei que faria isso. Você não precisa dizer mais nada a respeito.

— Ótimo. E quero que saiba que considero que proteger um feto é responsabilidade dos dois. Tudo bem se Coransee ler isso em seus pensamentos.

— Eu também pensaria assim — disse ela baixinho —, caso tivéssemos conversado sobre isso antes. Se ambos tivéssemos decidido que era razoável assumir uma responsabilidade dessas em um momento como este, mas não é.

— Não, não é. — Ele a abraçou e de repente se viu sorrindo. — E eu não teria pedido que fizesse uma coisa dessas até que estivéssemos bem mais seguros. Mas estou feliz que você tenha feito isso. Por que se recusou a ter um filho dele?

— Ele esperou muito para me pedir. Esperou até que eu o conhecesse.

Teray riu baixinho. Ela lhe dera um tipo de vitória. Não uma grande vitória, mas uma vitória que ele poderia saborear. Uma vitória que as humilhações de Coransee não conseguiriam destruir. E a criança seria uma conexão viva entre eles, mesmo que Teray não conseguisse convencer Amber a permanecer com ele. Ou seria uma parte de Teray que sobreviveria mesmo se Coransee conseguisse matá-lo. Só que ele não queria pensar nessa última possibilidade. De repente, viver parecia mais importante do que nunca. Viver e manter Amber e a criança vivas.

— Teray?

Ele a olhou, sabendo que ela estava prestes a deixá-lo.

— O que você fez com Coransee há algum tempo? Senti que ele quase perdeu a consciência.

Ele lhe contou.

Ela deu um sorrisinho, beijou-o, pegou um cobertor e foi ficar com Coransee.

8

Amber voltou para Teray antes do café da manhã do dia seguinte. Estava calada e retraída. E pareceu relaxar um pouco quando ele lhe pediu que se conectasse a ele novamente. Através da conexão restabelecida, porém, ele pôde sentir a raiva que borbulhava dentro dela.

— Ele a fez se abrir de novo?

— Sim. — A raiva tornou-se uma labareda momentânea.

— Você está bem?

Ela não respondeu.

— A criança está bem?

— Nós estamos bem... por enquanto. Tenho de voltar para ele hoje à noite.

Teray sentia sua própria raiva emergir.

— Se ele estiver vivo esta noite.

— Meu Deus! — sussurrou ela. — Não me conte nada.

— Não tenho nada para contar. Só estou esperando por uma oportunidade. Ele já deve saber disso.

— Ele sabe. Sabe tudo o que contei para você ontem à noite. Nem ficou surpreso quando leu, e não negou nada. Olhe para ele.

Teray olhou para o grupo principal e viu Coransee cercado por seu povo. Estava conversando com eles, e Teray, ainda que não conseguisse ouvir o que estava sendo dito, ficou imediatamente apreensivo.

— Agora temos onze inimigos em vez de um — disse Amber.

— Ele está se conectando a eles?

— Não. Esta é a nossa vantagem. Conectar-se a eles não o ajudaria. Suas conexões não passam de alarmes. Ele está apenas ordenando que nos observem. Se um de nós dois o atacar, eles devem acabar com o outro. Assim, teremos certeza de que quem o enfrentar sozinho possivelmente cometerá suicídio. Ele terá a garantia de levar alguém consigo mesmo que acabe morto.

Teray assentiu.

— Não posso culpá-lo. É o que eu faria.

— *Você* não manteria pessoas livres como prisioneiras e se colocaria na posição de ter que fazer isso.

— Por que ele não pode usar uma conexão com eles, pelo menos com alguns deles, para obter mais força? Sei que não são próximos dele e que não seria muito agradável, mas ele deveria ser capaz de suportar. Eu conseguiria.

— Se necessário — disse Amber —, talvez eu mesma pudesse suportar alguns deles. Mas Coransee não pode. Ele está muito perto de suceder Rayal.

— O que uma coisa tem a ver com a outra?

— Ele não pode tirar a força de ninguém até que possa tirar a força de todos. Eu estava com ele da última vez que tentou, e não consigo expressar em palavras como esteve perto de perder o controle. Ele quase tentou tomar o Padrão.

— Quase levou Rayal a matá-lo, é o que quer dizer. Rayal não vai abrir mão de seu poder nem um dia antes do necessário.

— Isso mesmo. Quando eu e Coransee éramos mais próximos, ele me disse que tentaria tomar o Padrão de Rayal se não tivesse tanta certeza de que o teria em breve. Mas morrer tentando roubá-lo agora seria mais do que estupidez.

— Tudo bem, então ele não pode usar seu pessoal da maneira mais eficaz possível. Isso quer dizer apenas que terei de lutar com ele da maneira que planejei desde o início. Sozinho.

— Ou você, ou eu.

— Eu, pelo menos porque você não conta mais apenas como uma.

— Isso não importa muito — disse.

Ele franziu a testa, surpreso. Tinha esperado por uma discussão.

— Se você o matar, tudo bem — prosseguiu ela. — Mas posso sentir que nem mesmo você acredita ter grandes chances. E se ele o matar, ainda vai me reivindicar. Ele matará nosso filho e depois terá de me matar. De qualquer maneira, prefiro estar morta a ser propriedade dele.

Ela não estava apenas com raiva, ele percebeu. Sentia amargura e resignação. Sua última frase fez Teray lembrar do que respondera quando Michael perguntara se ele algum dia conseguiria aceitar os controles de Coransee.

— Escute — disse ele, com brandura. — Se eu não puder matá-lo, vou mutilá-lo. Vou machucá-lo como puder. Não sou tão rápido como você nisso, mas farei o que puder para enfraquecê-lo para você. Se conseguir escapar do povo dele... você terá uma chance. — Ele se perguntou que chance ela teria de escapar de tantos padronistas. Menor do que a chance que ele tinha de matar Coransee. — Sinto muito.

— Sente muito por quê?

Ele não respondeu. A compreensão veio quando os olhos deles se encontraram.

— Ele vai vigiá-lo — alertou ela. — Tome cuidado.

* * *

Acontece que Coransee, como todos os outros, manteve-se bastante ocupado vigiando os clayarcas. Eles pareciam estar se aproximando para matar.

Pelo menos um atirador acompanhava os padronistas de perto, às vezes mais de um. As criaturas permaneciam fora do campo de visão, viajando pelas colinas. E se mantinham fora do alcance, bem à margem do alcance combinado de Teray e Amber. Ocorreu a Teray que um dos motivos para Coransee ainda permitir que ele se conectasse a Amber era a extensão incomum da consciência deles. Além de não haver outro par conectado tão preocupado com os clayarcas como eles depois do que acontecera na véspera.

O grupo havia percorrido uma curta distância mais para o interior, atravessando uma pequena península. Com o céu limpo, podiam avistar o oceano ao longe enquanto cavalgavam por uma leve inclinação. Havia clayarcas nas colinas próximas, atirando cegamente. Os padronistas se acostumaram com sua presença. Mas ao alcançarem o topo da colina e avistarem a terra e o oceano que se expandia, um único tiro, mais grave e mais alto, irrompeu.

Um disparo. Teray só sabia que o som parecia ter vindo pela frente e que nem ele nem Amber haviam sido atingidos. Ele arrancou mais força dela, expandiu a consciência, estendendo a percepção combinada deles o máximo que pôde adiante, esquadrinhando uma grande área, encontrando e matando um único clayarca. Só havia um ao alcance.

Teray voltou-se para os padronistas e percebeu que eles haviam parado. Coransee tinha apeado, ou então caíra do cavalo. Estava ajoelhado no chão, Amber se aproximava dele. Os outros apearam, indo em sua direção.

Teray desceu do cavalo depressa e caminhou até o Preceptor.

— Estou bem — dizia Coransee a Amber. — Estou bem. Até eu sou capaz de me curar disso. — Ele se virou bruscamente quando Teray se aproximou. Por um momento eles se entreolharam. Teray avaliou os danos apenas com o olhar. Sua mente estava súbita e fortemente protegida. Coransee falou com tranquilidade. — Experimente, irmão, e os clayarcas farão de você uma refeição.

Teray relaxou um pouco, com cautela. O ferimento de Coransee não era grave. A bala apenas atingira o ombro de raspão. Ele não estava mentalmente incapacitado, nem precisava dedicar muita atenção a fim de se manter vivo. Não estava mais vulnerável por causa do ferimento.

— Você teria agido — disse Coransee, surpreso. — Se tivesse me encontrado lutando para sobreviver, você teria acabado comigo.

— Assim como você faria comigo se eu estivesse na mesma situação, irmão — respondeu Teray, calmo. — Aprendo com você. E você não tem ideia de como é um bom professor.

Teray olhou Coransee nos olhos de igual para igual, mas, por dentro, estava tremendo pelo que quase fizera. E estava tremendo de raiva, raiva de si mesmo. Fora muito óbvio, muito afobado. Se Coransee não tivesse se virado e se dirigido a ele, Teray poderia ter cometido um erro fatal. Inexperiência. Teray nunca havia se rebaixado a ponto de atacar uma pessoa ferida. Agora, surpreendia-se com o fato de que estivera prestes a fazer isso. Coransee de fato era um bom professor. Mas Teray sentiu-se um pouco envergonhado por ter aprendido essa lição em particular. Tentaria de novo se tivesse a oportunidade. Mas não se acostumaria com isso.

Coransee pareceu ler suas emoções. O Preceptor sorriu.

— Vejo que você também se surpreendeu — disse. — Está abandonando sua moralidade escolar mais rápido do que eu pensava. Vou manter isso em mente. — Coransee desviou o olhar dele e começou a curar o ferimento.

Teray viu que Amber estava quieta, cercada pelo pessoal de Coransee, apenas por garantia. Frustrado e zangado, Teray voltou a montar em seu cavalo.

— Onde você pensa que vai? — perguntou Coransee, erguendo os olhos.

— Eu matei o clayarca que atirou em você. Quero dar uma olhada na arma que ele estava usando.

— Fique aqui.

De alguma maneira, Teray se controlou.

— Irmão, pelo som daquela arma, não era do tipo que os clayarcas costumam usar contra nós. Foi algo especial, e, se a deixarmos onde está, a ouviremos outra vez.

Enquanto Teray falava, Amber voltou para seu cavalo, observada pelo povo de Coransee, mas não detida por ele.

— Você também, garota — avisou Coransee. — Toda essa preocupação por causa do rifle de um clayarca…

— Não, Senhor — respondeu Amber. — Na verdade, só quero ficar longe de você por um tempo.

Coransee a olhou com frieza.

— Vá com ele, então. Deixe-me saber caso a arma o encha de ideias tolas. Seja meu alarme e meus olhos. — Ele olhou para Teray. — Mas nem pensem em tentar fugir de novo.

Sem responder, os dois incitaram os cavalos a avançar, afastando-se do grupo.

— Eu deveria ter ido até o fim — falou Teray. — Mesmo que ele estivesse pronto. De qualquer maneira, terá que ser logo.

Amber não disse nada.

— Será mais difícil do que nunca agora. — Ele a observou. O rosto dela estava cautelosamente inexpressivo. — Seja lá o que for, diga.

— Apenas algo de que deve estar ciente.

— Sim?

— Você causou uma bela morte agora há pouco, mas foi atrás do animal errado.

Teray franziu a testa e virou-se para encará-la com uma compreensão repentina.

— Nunca vi você se mover tão rápido como agora — disse ela. — Tirou minha força, atingiu o clayarca, ninguém se deu conta do que você tinha feito até alguns segundos depois. Agora, se você tivesse esquecido o clayarca e atingido Coransee…

Teray balançou a cabeça, lamentando.

— Eu reagi ao clayarca — comentou. — Não pensei, apenas reagi. Acho que não poderia ser tão rápido se estivesse pensando.

— Eu sei. E ele não vai nos dar uma chance de tentar de novo, pode ter certeza disso. Assim que voltarmos, ele vai nos separar. Nada de conexão.

— Se ele fizer isso, os clayarcas poderão acabar com ele para nós. Ninguém do pessoal dele sabe lidar com os clayarcas tão bem quanto nós.

— Talvez. Ou os clayarcas podem matar um de nós. Estamos a apenas dois dias de Forsyth agora. Se eu fosse ele, arriscaria enfrentar os clayarcas.

Eles encontraram o clayarca estendido na encosta de uma colina baixa, com o rifle caído ao lado. Não tocaram na arma. Por meio de uma experiência amarga, os padronistas sabiam que os clayarcas muitas vezes deixavam armadilhas em seus rifles pouco antes de usá-los, fazendo com que a arma injetasse um pouco de sua saliva fresca nos dedos de padronistas incautos. Isso podia ser feito com apenas algumas farpas de madeira ou lascas de metal bem posicionadas. Mantido em ambiente quente e úmido, o organismo da doença da *Arca de Clay* poderia sobreviver por alguns instantes fora do corpo humano.

Teray e Amber apenas observaram que o rifle não era a arma usual dos clayarcas, como Teray suspeitara. Parecia mais pesado e sem dúvida era mais poderoso. Nem Teray nem Amber já tinham visto algo do tipo. Instalada no alto, uma mira telescópica já havia provado sua utilidade. No passado, os clayarcas raramente usavam essas coisas. Mas, também, no passado, os clayarcas não usavam rifles para atirar em padronistas a quase um quilômetro de distância.

Ou a doença prolongada de Rayal lhes dera tempo de aprimorar seu armamento, ou estavam simplesmente utilizando suas melhores armas, e seus melhores atiradores, para matar dois dos filhos de Rayal. Provavelmente as duas coisas.

— O que faremos com a arma? — disse Amber. — Vamos queimar?

— Chamuscar, você quer dizer. — Teray olhou para a madeira polida da coronha do rifle. — Não há muito mais do que capim por aqui para atear fogo. Em grande parte, capim verde.

— A arma ainda tem três balas.

Teray examinou o rifle de onde estava e sentiu as três balas restantes. Assentiu. Então, enquanto Amber o cobria com o capim mais seco que conseguiu encontrar, Teray estabeleceu comunicação com Coransee. Não queria fazer contato com o Preceptor, mas era necessário. Encontrou Coransee esperando por eles, pelo visto terminando de curar seu ombro.

Vocês vão ouvir tiros, avisou Teray. *Somos nós destruindo a arma. Avise os outros.* Ele se abriu com cautela, e apenas o bastante para que Coransee pudesse ver que estava dizendo a verdade: essa abertura mínima e nada mais.

Coransee concordou em silêncio.

Teray voltou a atenção para Amber e viu que ela estava pronta. Ela ateou fogo no capim, depois se protegeu com Teray na encosta oposta da colina.

Enquanto Teray vigiava os clayarcas, Amber garantia que a pequena fogueira fizesse seu trabalho. À medida que o fogo aquecia o metal do rifle, Amber ampliou sua percepção para o próprio material e observou minuciosamente como reagia ao fogo, como se alterava à medida que se aquecia. Mais tarde, afirmaria que nunca havia examinado um objeto inanimado tão de perto antes. Mas aparentemente não tinha dificuldade em fazer isso. Observava o movimento acelerado das moléculas do metal. E, ao observar e entender o processo, ela poderia controlá-lo. Poderia intensificar o calor do metal além da capacidade da fogueira que quase se extinguia. Por um instante, ela suou, concentrada em fazer algo desconhecido. Então, os três cartuchos explodiram quase ao mesmo tempo.

O rifle saltou no ar, deixando escapar um rugido. Desmoronou em dois pedaços, com a carcaça partida, a coronha e o cano completamente separados. As peças atingiram com força o corpo do clayarca que a possuíra.

Teray e Amber desceram a colina até o ponto em que haviam deixado os cavalos e descobriram que Coransee e os outros se aproximavam para encontrá-los. Imediatamente Coransee gesticulou para que Teray ficasse ao lado dele. Conversaram enquanto cavalgavam.

— Você sabe que vai ter que pagar pelo que fez, não é?

— Quase fiz.

— Ah, foi mais que o suficiente. Mas foi desajeitado.

— O que você quer?

— A mulher lhe disse o que quero. Vi em sua mente quando você me chamou, alguns minutos atrás.

Teray desviou o olhar dele, em uma derrota silenciosa e desesperada. Por mais cuidadoso que tivesse sido, Coransee o leu, leu-o com tanta facilidade quanto naquela primeira vez, meses antes, no dia que Teray deixara a escola.

— Interrompa a conexão, irmão.

Depois de um momento, Teray obedeceu e voltou em silêncio a seu lugar ao lado de Amber. Tudo o que Coransee fazia tornava Teray mais consciente de como eram baixas suas chances de sobreviver a uma briga com o Preceptor. Mas ele se permitiu ter esperança, se permitiu esquecer. Coransee poderia acabar com ele ainda mais rápido desta vez, porque agora o Preceptor estaria disposto a matar em vez de apenas subjugar.

Teray morreria. Então Coransee voltaria sua atenção para Amber. Mais cedo ou mais tarde, ela morreria. O embrião que crescia dentro dela morreria. Sentindo dor, Teray considerou ceder, submeter-se ao controle de Coransee. Não era algo que estivesse disposto a fazer para se salvar. Estaria disposto a fazer isso pelo bem de Amber? Não o fizera por Iray, e Iray era sua esposa. Ele refletia, de cabeça baixa, com a percepção concentrada, sem se importar naquele momento se os clayarcas atirariam nele ou não.

Não. Não, aquilo era uma estupidez. Morrer baleado por um clayarca seria o mesmo que morrer em combate com Coransee. Amber ainda seria deixada para o Preceptor. Na verdade, mesmo que Teray se submetesse aos controles do irmão, Coransee ainda poderia matar Amber. Teray não seria mais útil para ela do que Joachim fora para ele. Submeter-se não resolveria nada, mesmo que fosse capaz de fazer isso. E não era. Ele não conseguiria.

Amber.

O que ele poderia fazer para ajudá-la, além de tentar mutilar Coransee? E, com dez padronistas controlando-a, como ela poderia se aproximar de Coransee caso Teray conseguisse feri-lo?

Ele a olhou e logo desviou o olhar. Ela o encarava. Estava ao lado dele, observando-o, mas ele nunca se sentira tão distante dela. Não podia se conectar com ela ou lhe falar abertamente. E, naquela noite, contra a vontade dela e de Teray, ela dividiria outra vez o catre com Coransee.

Teray desviou seus pensamentos depressa. Naquela direção estavam a fúria, a imprudência, a morte. E agora percebia, mais do que nunca, que para ajudar Amber precisava encontrar uma maneira de se manter vivo. Se é que havia uma maneira.

Teray se pegou pensando em Rayal. O assessor Michael havia lhe prometido refúgio se conseguisse chegar a Forsyth sozinho. Que diferença faria para Rayal se Teray não chegasse a Forsyth sozinho, mas acompanhado, reconhecido como forasteiro de Coransee? Não um fugitivo bem-sucedido, mas um forasteiro. Quanto Rayal se importava com qualquer um de seus dois filhos mais fortes? Ele era o único que certamente poderia tirar Teray de Coransee, se quisesse. Mas será que teria essa vontade? Aparentemente, havia designado Coransee como seu herdeiro. Isso ia contra a lei de sucessão, mas quem forçaria Rayal a cumprir a lei? E se Rayal escolhera Coransee, por que se oporia a Coransee em favor de Teray? Em contrapartida, por que Rayal teria oferecido refúgio a

Teray? Valeria a pena confiar em Rayal e seguir para Forsyth, renunciando à esperança de deixar um Coransee mutilado para Amber matar? Se ao menos ele pudesse entrar em contato com Rayal e descobrir isso antes de chegar a Forsyth. Mas não conhecia Rayal. Nunca estabelecera nenhuma comunicação com ele nem registrara em sua memória o conhecimento de alguém que tivesse feito isso. O que significava que não poderia fazer contato com Rayal como podia, por exemplo, contatar Coransee ou Amber. Era possível que Amber tivesse conhecido o Mestre do Padrão em sua última viagem a Forsyth e pudesse compartilhar o que sabia sobre ele com Teray. Mas Teray não se atrevia a lhe perguntar. Assim, só havia uma maneira de chegar a Rayal. Uma maneira ilegal.

Através do Padrão.

Como o Padrão conectava cada padronista individualmente a Rayal, em tese, qualquer um, por mais humilde que fosse, poderia usá-lo para entrar em contato com Rayal. Na prática, porém, o uso do Padrão para comunicação era restrito a Preceptores, Diretores de Escolas, assessores de Rayal e ao próprio Mestre do Padrão. Rayal, é claro, podia usá-lo sempre que quisesse, mas os demais só podiam usá-lo para relatar uma emergência envolvendo clayarcas. Nos últimos tempos, Rayal optava por ignorar os alertas. Era possível que ele também ignorasse Teray. Ele poderia até punir Teray por usar o Padrão indevidamente. Mas Teray tinha de correr o risco. E logo, naquela noite. Forsyth estava se aproximando.

* * *

Naquela noite, quando todos estavam preparando os leitos, Amber conseguiu fugir brevemente de Coransee e foi se sentar no catre de Teray. Ela falou pouco. Apenas pegou a mão de Teray e segurou-a. A sensação foi a de estar conectado a ela outra vez. Teray conseguiu sentir que ela começava a relaxar. Conseguiu sentir que ele estava relaxando. Não tinha percebido como estava tenso.

Então, uma mulher chamada Rain trouxe uma mensagem para Amber.

— Ele quer você.

Amber estremeceu, levantou-se e saiu. Rain ficou mais um pouco.

— Era comigo que ele passava a maioria das noites antes de encontrarmos vocês — disse a Teray. — Você parece tão infeliz por estar sozinho quanto eu.

Teray a observou e se forçou a sorrir. Não foi difícil. Ela era uma mulher bonita, bem formada, de pele macia, com uma longa cabeleira preta caindo solta pelas costas. Em outro momento, em outras circunstâncias…

— Não gosto disso — disse ele. — Mas é melhor assim. Estou muito mal-humorado agora para não ficar sozinho.

— Você está tão preso a ela assim? — Rain sorriu e sentou-se onde Amber estivera. — Dê alguns minutos e ela não estará pensando em nada além dele.

— Rain. — Teray se agarrou ao que restava de sua paciência.

— Por isso, parece justo que você também tenha outra pessoa em quem pensar.

— Rain!

Ela deu um salto e o encarou.

— Saia de perto de mim.

Rain não estava acostumada a ser rejeitada. Corou intensamente e murmurou algo que parecia um insulto, embora Teray não tenha ouvido direito. Depois ela se afastou, com raiva. Além de estar feliz por ela ter ido embora, Teray não se importava com mais nada. Imóvel, fechou os olhos e concentrou sua consciência no Padrão.

Estivera deitado de costas, olhando para as estrelas. Concentrar-se no Padrão agora era como passar a observar outro céu noturno dentro da própria cabeça. Um universo mental. Outros padronistas eram vistos como pontos de luz em constante mudança de forma, cor e tamanho, reagindo às mudanças de pensamentos, às emoções e às ações de cada um. Quando um padronista morria, um ponto de luz se apagava.

Teray, aparentemente sem corpo, sendo apenas um ponto de luz naquele universo mental, descobriu que poderia mudar seu ponto de vista sem parecer se mover. De repente, foi capaz de ver os membros do Padrão não como pontos de luz semelhantes a estrelas, mas como fios luminosos. Podia ver como os fios se uniam, dando forma a cordões finos, cordas, cabos grossos. Podia ver onde os cabos se juntavam, onde se uniam e se retorciam, dando forma a uma vasta esfera de esplendor, um núcleo de luz que era como um sol formado por muitos sóis. Esse núcleo, onde todas as pessoas se uniam, era Rayal.

Como estava fazendo algo que nunca havia feito antes, no início Teray teve dificuldade para entender que a esfera de luz não era algo que tinha de seguir, mas algo do qual ele mesmo fazia parte. Não poderia percorrer o fio composto por si mesmo: ele era aquele fio. Ou, na melhor das hipóteses, aquele fio era uma espécie de membro mental, um braço mental que, Teray descobriu, tinha uma forte capacidade instintiva de agarrar e segurar. Teray segurou.

E, instantaneamente, foi agarrado de volta.

Ele lutou por instinto, sem sucesso, por um momento, depois se obrigou a ficar calmo. Não estava sendo machucado nem manipulado de modo rude. Estava apenas sendo segurado por uma garra da qual, ele sabia, não era capaz de se soltar. Algo lhe ocorrera. Ele ficou desorientado por um instante, depois perdeu o foco do Padrão e se viu canalizado até Rayal como se fosse um amigo, como se tivesse simplesmente procurado pelo Mestre do Padrão. E não estava mais sendo segurado. Poderia interromper o contato, se quisesse.

O Padrão estava livre outra vez para contatos de emergência. Teray esperou, dando a Rayal acesso aos seus pensamentos, para que o Mestre pudesse ver e compreender a situação rapidamente. Teray teve a impressão de que Rayal examinou seus pensamentos por mais tempo do que o necessário, mas não havia nada que ele pudesse fazer a respeito. Não estava em posição de apressar o velho. Enfim, porém, tomou conhecimento da mensagem de Rayal.

As coisas foram longe demais, jovem.

Longe demais?

Você vai ter de enfrentá-lo.

Quer dizer que não vai me dar refúgio? Nem mesmo pelo...

Teray se conteve e interrompeu o pensamento. Mesmo assim, Rayal adivinhou quais teriam sido suas palavras.

Nem pelo tempo que me resta? É isso mesmo, jovem, não vou lhe dar refúgio nem por esse tempo. Isso não lhe faria nenhum bem.

Isso me manteria vivo! Me manteria vivo, assim como Amber e o bebê. Eu teria tempo para aprender o tipo de luta que não se ensina na escola.

Você teve tempo.

Na Casa de Coransee! Acha que alguém ali se atreveria a me ensinar o que preciso saber?

Rayal deu de ombros mentalmente.

Você aprendeu o suficiente.

Eu não aprendi nada! Você me ofereceu refúgio através de seu assessor. Por que está me dando as costas agora que estou tão perto?

Você sabe por quê. Ofereci refúgio se você conseguisse chegar aqui sozinho. Obviamente, você não conseguiu; foi capturado.

Isso não deveria importar caso você quisesse me ajudar.

Tem muita importância. Especialmente porque, se não tivesse sido capturado, provavelmente teria sido morto por clayarcas. Você não acha que eu tinha motivos para tornar o seu refúgio condicional? Para garantir que fosse algo pelo qual tivesse de se esforçar?

Teray estava começando a entender. Havia sido testado e, no que dizia respeito a Rayal, fora considerado incapaz. O que, pelo visto, fazia com que ele não valesse o esforço.

Você pode... Vai ajudar Amber?, perguntou. *Permito que me levem para Forsyth e vou lutar com ele aí, se der refúgio a ela.*

Não.

O pensamento foi como uma pedra. Não havia mais nada a ser dito. Teray pôde sentir a absoluta inflexibilidade do velho. Desferiu contra ele uma obscenidade silenciosa e interrompeu o contato.

Rayal era velho, doente e inútil. Não cumpria as responsabilidades que tinha para com o povo há anos. Teray não ficou realmente surpreso ao descobrir que o Mestre não estava disposto a se esforçar nem um pouco para ajudar apenas uma pessoa. Especialmente quando a ajuda poderia significar derrotar Coransee. Teray ainda não conseguia entender por que Rayal se preocupara em oferecer refúgio. Por que perder tempo testando Teray quando já havia escolhido Coransee como sucessor?

Teray suspirou, abriu os olhos e relanceou o acampamento. Aparentemente ninguém detectara sua comunicação com Rayal. Estava tudo como antes de Teray fechar os olhos, o que fez novamente, resolvendo dormir mais uma noite, viver pelo menos algumas horas do dia antes de desafiar Coransee. Ele não iria até Forsyth com o Preceptor. Não desperdiçaria sua vida. No dia seguinte, talvez os clayarcas lhe dessem outra oportunidade para acabar com Coransee. Se o fizessem, ele a usaria bem desta vez. Mas, quer fosse o caso ou não, independentemente do que isso lhe custasse, faria o possível para poupar as pessoas da liderança de Coransee.

9

No dia seguinte, atiradores clayarcas acossaram os padronistas assim que eles desmontaram o acampamento. Os atiradores mantiveram-se fora do alcance dos padronistas e disparavam mais para mantê-los tensos do que para matar. Era possível que a morte causada por Teray no dia anterior os tivessem deixado cautelosos. O que era bom, já que Teray nunca conseguiria matar a uma distância tão grande agora, estando sozinho.

Os clayarcas só se descuidaram uma vez. Um trio deles que estava à espreita deixou os padronistas chegarem perto demais. Coransee os avistou primeiro. Matou os três pouco antes que Teray tomasse conhecimento deles e, com certeza, antes que pudesse tirar vantagem da atenção momentaneamente ocupada do Preceptor.

Ou melhor, Coransee feriu os três clayarcas.

Surpreendentemente, ele lutava contra os clayarcas da mesma maneira que Teray fizera antes de aprender o método de Amber. Matava imitando a ação de uma bala e danificando os órgãos vitais dos clayarcas. Mas o fazia com uma velocidade ofuscante. Passava de um clayarca mortalmente ferido para outro, trabalhando tão depressa quanto Teray ou Amber poderiam ter feito no método deles. Os clayarcas de Coransee levaram vários segundos, ou até vários minutos, para morrer. Mas uma vez que ele os feria, tornavam-se indefesos. Seu método negava a morte rápida e misericordiosa de Amber, mas era igualmente eficaz.

Ao que parecia, os clayarcas consideraram as mortes causadas por Coransee um aviso. Nenhum deles ficou mais ao alcance. Mantiveram-se bem recuados e faziam barulho. Parecia haver mais deles agora, disparando em momentos estranhos; às vezes sozinhos, e às vezes em números tão grandes que pareciam na verdade estar batalhando entre si.

Os cavalos dos padronistas estavam ariscos e exigiam mais atenção do que o normal para serem controlados. Os próprios padronistas estavam ariscos, primeiro se desgastando em busca de algo que estava além de seu alcance, depois resolvendo se contentar com o que podiam alcançar e presumir que estavam seguros. Mas é claro que não estavam. Não saberiam quando o próximo clayarca com um rifle especial apareceria e mataria alguém.

Houve uma época em que as terras no entorno de Forsyth continham uma enorme população de silentes. Silentes que viviam amontoados em grandes cidades. Aglomerados de edifícios que sobraram daquelas cidades ainda estavam de pé, apesar de séculos de demolição pelos padronistas. Atualmente, enquanto Rayal se mantinha vivo e no poder, os clayarcas não só frequentavam aquelas ruínas. Desistiram de vagar e viviam ali em tempo integral. Os clayarcas que vinham assediando o agrupamento de Coransee conseguiram apoio local. O cavalo de um jovem forasteiro chamado Goran, que por acaso estava cavalgando logo atrás de Teray, foi baleado por baixo. Outro rifle especial. O atirador fugiu.

Amber poderia ter salvado o cavalo, mas Coransee ordenou que ele fosse abandonado. Ele estava com pressa. Ordenou que Goran cavalgasse com Lias, a mulher com quem Goran costumava fazer par.

Enquanto o grupo avançava, Teray viu Amber se virar para trás. Ele percebeu que ela havia matado o cavalo ferido à distância. Imaginou se Coransee abandonaria um padronista ferido com a mesma facilidade com que abandonara o cavalo. Por que não faria isso?

O pensamento o incomodou o suficiente para que, em meio a uma saraivada de tiros enervantes, mas ineficazes, ele se aproximasse de Amber e falasse com ela.

— Mantenha os olhos abertos. Tenho a sensação de que teremos que nos abrigar mais cedo ou mais tarde. E, quando precisarmos, não teremos tempo para procurar abrigo.

Ela assentiu.

— Acha que eles vão tentar nos encurralar, então?

— Tenho certeza. Eles já sabem que não somos um grupo coeso. Não podemos simplesmente expandir a consciência e mandar todos para o inferno em que acreditam. Eles querem a mim e a Coransee. — Ele havia contado a ela sobre a conversa que tivera com o clayarca. — E sabem que agora são numerosos o suficiente para nos levar, junto com todos os outros padronistas ao alcance, é claro.

— Se você estiver certo, eles devem ter planejado uma emboscada em algum lugar adiante.

— Isso, ou só estão tentando reunir coragem suficiente para vir nos pegar. Não será fácil para eles, embora não estejamos conectados. Muitos deles morrerão, quer nos peguem ou não.

Ela não disse nada por um longo momento. Depois, enfim:

— Existem alguns edifícios em ruínas à frente. Logo depois da curva. Não há nenhum clayarca lá dentro... Nenhum sinal de que tenham estado por ali recentemente.

Teray investigou e encontrou as ruínas.

— Ótimo. É o tipo de coisa de que precisaremos. Vou olhar também. Mas talvez seja melhor usar os olhos. Vai precisar de todo o resto de sua consciência contra os clayarcas.

— Consigo dar conta das duas coisas.

Ele a olhou. Com sua propensão de curandeira para bisbilhotar qualquer coisa até do avesso, ela provavelmente daria. Ótimo.

No instante seguinte, ao fazerem uma curva, avistaram as ruínas que Amber havia localizado. Eram apenas as estruturas de um aglomerado de edifícios. Estavam à frente dos padronistas e localizadas mais para o interior, longe da trilha. Mesmo sem telhado e dilapidadas como estavam, as estruturas poderiam fornecer abrigo. O tiroteio havia diminuído um pouco. Os tiros pareciam vir majoritariamente da retaguarda, onde havia a cobertura de colinas e árvores. A maior parte da terra que agora tinham diante de si era plana e erma, coberta apenas por capim alto e moribundo e por algumas árvores. O terreno ao redor de Forsyth era semiárido. Redhill era exuberante e verdejante o ano todo, mas agora, no final da primavera, a terra onde estavam se tornava amarronzada.

A poucos metros dos padronistas, em uma das laterais, havia um declive acentuado de cerca de cinco metros. Além dele, ficavam uma estreita faixa de areia e o oceano. Os clayarcas não podiam atirar daquela direção. À frente dos padronistas e do lado oposto, havia pouca cobertura além do capim moribundo, e dos prédios, é claro. Mas eles estavam definitivamente vazios. Parecia que os clayarcas teriam de esperar até que os padronistas seguissem para o interior, em direção a Forsyth. Só então haveria mais colinas, as montanhas baixas que cercavam o setor. Teray pôde sentir o relaxamento geral do grupo.

O tiro os pegou desprevenidos. O cavalo de Coransee tropeçou e caiu. O de Amber empinou, fora de controle por um segundo, e o tiro seguinte atravessou a mão esquerda dela. Com medo de que ela levasse outro tiro, Teray ignorou que Coransee caíra e saiu em busca do atirador. Não conseguiu encontrar o clayarca, mas descobriu o local de onde provavelmente atirara. Era um buraco escuro e redondo no chão. Teray usou sua percepção para rastreá-lo e descobriu uma rede de túneis no subsolo. Sem dúvida eram antigas estruturas silentes, agora perigosas, ainda que parcialmente destruídas. Mas obviamente os clayarcas haviam descoberto um uso para elas.

O cavalo de Coransee estava morto, com uma bala alojada no cérebro. O Preceptor pegou o cavalo de Amber e ordenou que a mulher cavalgasse com Teray. Percorreram, porém, apenas a curta distância até as ruínas. Era hora de uma parada para descanso, e Amber precisava de um lugar protegido para curar a mão ferida. Teray também precisava de um lugar protegido: para fazer o que, com certeza, estava na hora de fazer.

Sentou-se ao lado de Amber no chão coberto de capim do edifício. Ela escolheu um local o mais afastado possível dos outros e começou a se curar. O ferimento o preocupava porque, ao curá-lo, ela ficaria mais fraca. Ela tinha que estar forte se quisesse ter alguma chance de matar Coransee, caso Teray não terminasse o trabalho. No entanto, não podia dizer a ela que se preparasse, que estava prestes a atacar. Não enquanto ainda houvesse a possibilidade, por menor que fosse, de surpreender Coransee. Se ela ainda estivesse conectada a Teray, já saberia daquilo, e sua reação emocional alertaria Coransee... e a luta já poderia ter terminado.

— Vim aqui para não estragar o almoço de ninguém — explicou Amber. — Você também não vai gostar disso, mas fique assim mesmo.

— Não vou gostar do quê?

Ela abriu a boca como se fosse responder, mas em vez disso emitiu uma espécie de exclamação sem palavras.

— Pronto — disse.

Os olhos de Teray foram logo atraídos para a mão ferida, que estava no colo dela, coberta pela outra mão. Depois, depressa, encarou Amber nos olhos, surpreso.

— O que você fez? — Era uma pergunta ridícula. Conseguia ver o que ela tinha feito. O pulso esquerdo dela agora terminava em uma capa lisa e pálida de carne nova. O que antes fora sua mão esquerda pousava enrugada e amputada no colo dela.

— Estava destruída — disse. — Estava com o punho fechado quando o clayarca atirou, e a bala entrou no ângulo certo para destruí-la. — Ergueu a mão decepada. Não era, literalmente, nada mais do que pele e ossos secos, uma garra. Uma garra disforme com pelo menos três dedos presos apenas por tiras de carne ressecada.

— Parece uma coisa mumificada — comentou Teray.

— Tirei tudo o que podia antes de me livrar dela. Terei outra totalmente regenerada em cerca de um mês. Isso se... — Ela deu os ombros.

Se ela vivesse mais um mês. Teray ficou grato por ela não terminar a frase.

— Tanto tempo assim? — perguntou em voz baixa.

— Não é tanto tempo. Não levando em conta que não é a única coisa que meu corpo está produzindo. — Ela deu um breve sorriso.

Ele não retribuiu. Viu-se olhando para a pele lisa e nova. Era mais fácil tentar descobrir como ela havia feito aquilo do que pensar nas coisas que ela dizia.

— Vou pegar algo para você comer quando a comida estiver pronta — disse Teray. Ele queria que ela se alimentasse e ficasse o mais forte possível.

O povo de Coransee localizara e atraíra vários coelhos selvagens. Eles estavam sendo preparados para assar.

— Tudo bem — respondeu ela. — Não estou com muita fome. Na verdade, acabei de me alimentar da minha mão.

Ele fez uma careta, ao mesmo tempo enojado e satisfeito. Não importava como, ela mantivera sua força. Ela podia lutar.

Ela o olhou em silêncio por vários segundos, depois desviou o olhar.

— Você tem uma vantagem — disse, baixinho. — Você é um curandeiro latente. Tenho certeza disso agora. Seus professores eram incompetentes completos ou estavam muito distantes de você no Padrão para poder trabalhar efetivamente com você. Ou talvez estivessem apenas com medo da força com a qual você poderia, acidentalmente, matá-los.

— Espere um minuto — falou ele. — Do que você está falando...

— Não tenho tempo para explicar devagar, Teray. Você não tem treinamento, então não sei quanto pode se danificar no processo. Mas ele quase não tem capacidade de cura. Você viu como ele matou os clayarcas?

— Sim, mas…

— Ele não consegue aprender de modo algum o que você dominou com facilidade. Ele tentou.

— Amber…

— Desculpe. Não pude deixar de perceber que estava prestes a ir atrás dele. E, claro, ele soube no momento que me dei conta. Ele está vindo agora.

As últimas palavras ecoavam o que Iray dissera meses antes, quando lutara contra o irmão pela primeira vez. Ele olhou ao redor, escondendo o medo repentino, e viu Coransee caminhando em sua direção. Em voz baixa, Teray disse a Amber.

— Tudo bem, isso não importa. Mas saia daqui. Espere sua vez.

— Não quero ter a minha vez.

Ele tocou o rosto dela.

— Vou tentar cuidar disso.

Ela se afastou, encarando Coransee ao passar por ele. Ela estava com seus dez guardas antes que eles percebessem que estavam de serviço.

— Achei que estaria pronto hoje — disse Coransee a Teray.

Teray considerou levantar-se para encará-lo, mas rejeitou a ideia. Se ficasse de pé, teria que desperdiçar parte de sua atenção mantendo-se em equilíbrio. Recostou-se na parede do prédio. Estava fortemente blindado, tão pronto quanto possível.

— Você realmente esperava que Rayal fosse ajudá-lo? — perguntou Coransee suavemente.

Teray se manteve impassível. Já estava quase se acostumando com as invasões de sua privacidade mental por parte de Coransee.

— Se sabia que entrei em contato com ele, por que não atacou?

— Por que deveria ter feito isso? Somente alguém que passou apenas os últimos meses de vida fora da escola acreditaria que poderia obter ajuda se comunicando com Rayal.

Teray bateu nele.

O golpe, que não foi dos mais fortes, ricocheteou na blindagem de Coransee. Teray atacou novamente, testando a força do escudo. Era como socar uma parede de pedra. Ele se lembrou com saudade do escudo de casca de ovo do pastor de silentes, Jackman.

Coransee revidou com um golpe na blingagem de Teray, não para testá-la, mas para demoli-la de uma vez. A blindagem de Teray resistiu ao golpe.

Teray já havia percebido que nem ele nem Coransee seriam derrotados da maneira usual. Seria necessário algo mais.

Teray esquadrinhou o cérebro de Coransee como se fosse o cérebro de um clayarca.

Por um instante, Coransee franziu a testa, parecendo desorientado. Mas foi capaz de se recuperar mesmo enquanto Teray esquadrinhava outra vez. De alguma forma, desviou da segunda varredura de Teray. Então, abruptamente, revidou.

Por mais rápida que tenha sido a varredura de Teray, o Preceptor quase o pegou desprotegido. E aquele desvio...

Protegido pela blindagem, Teray tentou entender o que havia acontecido. Era como se ele tivesse tentado desferir um golpe físico que acabara bloqueado pelo braço do oponente. Não era como avançar contra a parede sólida de uma blindagem. Nenhum padronista poderia colocar um escudo mental em torno de seu corpo físico. Mas, aparentemente, um padronista forte poderia tentar desviar de ataques contra seu corpo usando parte de sua força. Era possível desviar de um ataque que pudesse ser sentido. Teray pensou ter entendido. Um segundo depois, Coransee testou sua compreensão.

Coransee atingiu a cabeça de Teray. Por um instante, Teray pensou, confuso, ter visto um objeto físico voando em sua direção. Uma fração de segundo depois, soube o que era e aplicou seu novo conhecimento com uma precisão inspirada pelo medo.

Sem entender exatamente como sabia disso, Teray notou que tinha acabado de evitar, ou ao menos adiar, uma hemorragia cerebral. Coransee estava lhe ensinando, involuntariamente, como se defender. Se ao menos fosse capaz de aprender rápido o bastante.

Teray contraiu violentamente os músculos das pernas de Coransee.

Antes que pudesse evitar, Coransee caiu gritando no chão. Estivera ocupado demais protegendo partes vitais de seu corpo. Não tinha percebido a agonia que suas pernas poderiam lhe causar. E antes que pudesse se desvencilhar daquela agonia, Teray o atingiu novamente... Atingiu o que devia ser uma blindagem enfraquecida e abandonada.

E atravessou-a! Ele tinha um ponto de apoio.

Coransee logo se esqueceu das pernas e atacou Teray.

Teray revidou com força, batendo de novo e de novo. Era um homem de armadura espancando um homem nu. Ele havia vencido. Com certeza tinha...

Coransee o golpeou de volta, atingindo-o como nenhum padronista sem escudo deveria ter sido capaz de fazer. Teray lutou com um desespero selvagem, incapaz de acreditar no que estava acontecendo. O homem nu o espancava até deixá-lo semiconsciente.

Por fim, Coransee arrancou Teray de sua posição conquistada a duras penas. Pegou-o, segurou-o e continuou a espancá-lo. Não havia mais nenhuma dúvida: Coransee era mais forte.

O Preceptor rompeu o que restava da blindagem de Teray e começou a espancá-lo para valer. Agora Teray era o homem nu.

Dor.

Teray não conseguia pensar. Ele ardia de agonia. Atacou cegamente. O velho método de matar clayarcas, o método de Coransee: a grande artéria, bem no ponto em que saía do coração.

Coransee foi tolo o suficiente para baixar a guarda. Afinal, estava ganhando.

Apesar de toda a sua velocidade, não conseguiu restabelecê-la a tempo. Teray rompeu o grande vaso sanguíneo.

O ataque de Coransee desvaneceu. Mas mesmo caído no chão, segurando o peito, tentando evitar que sangrasse até a morte, ele se vingou.

Teray ficou subitamente desorientado. Sua cabeça doía. Sua cabeça estava explodindo. Tentou tocá-la, segurá-la entre as mãos. Um de seus braços não respondia. Ele ia vomitar. Conseguiu se virar para não vomitar sobre o próprio corpo inerte. Sua mente ainda estava funcionando, ainda consciente. Apesar do vaso sanguíneo rompido em seu cérebro, ainda estava consciente. Ainda poderia lutar.

Com as últimas forças que tinha, Teray esquadrinhou o cérebro do Preceptor adversário. Coransee não tinha defesas agora. Estava completamente ocupado com sua lesão. Teray o atropelou repetidas vezes, sem poupar forças para manter o próprio corpo vivo. Estava matando a si mesmo junto com Coransee, mas sua consciência havia se deteriorado a tal ponto que nem se dava conta disso. Percebia apenas que não conseguiria manter a consciência por muito mais tempo. Que deveria causar o máximo de dano possível enquanto pudesse.

Ele não soube quando o corpo de Coransee entrou em convulsões violentas. Não soube quando os músculos de Coransee se contraíram tão violentamente que uma das pernas se partiu. Não soube quando Coransee arrancou um grande pedaço de sua própria língua. Não soube de nada até pouco antes de perder a consciência por completo. Só então percebeu que havia vencido. Coransee estava morto.

* * *

Teray abriu os olhos e avistou uma longa faixa de céu azul-claro. Demorou um instante para ver as paredes irregulares da ruína e se dar conta de onde estava. Ele estava fraco, cansado e com uma fome voraz. Tentou se lembrar do que havia acontecido.

Então, recuperou a consciência e se sentou em um movimento brusco. Muito brusco. Teria desabado se Amber não estivesse ali para ajudá-lo. Ela apareceu do nada, ajoelhando-se ao lado dele, estabilizando-o.

— Acabou. Você está bem. Coma.

Havia comida. Carne assada saída de algum lugar. Ele olhou para a carne.

— O que...?

— Coelho, lembra? Estamos totalmente cercados por coelhos selvagens e por clayarcas.

Ficara inconsciente por algum tempo, então. Eles tiveram tempo para cozinhar. Isso era de se esperar. Coransee quase o matara. Dobrou o braço direito, aquele que não se movera na última vez que tentou usá-lo, e mexeu a perna direita. Ambos obedeciam com facilidade. Satisfeito, decidiu se alimentar de coelho assado e biscoitos frescos e beber muita água. Comeu em silêncio por vários minutos, concentrando-se apenas na refeição. Por fim, falou:

— Ele está morto, não está?

— Com certeza.

— Ele mereceu.

Ela não disse nada.

— Eu também deveria estar morto. Você me salvou.

— Curei você.

— Os outros lhe causaram algum problema?

— Não depois que viram que ele estava morto. Dois ou três queriam me impedir de ajudar você, mas eu os dissuadi.

Ele ergueu a sobrancelha interrogativamente.

— Ainda estão vivos. Provavelmente vão lhe causar problemas.

— Posso lidar com eles agora que Coransee está morto.

Ele olhou em volta em busca do corpo de Coransee. Ela leu o olhar dele e apontou para além do grupo de forasteiros e mulheres que esperavam. Logo depois da borda irregular de uma parede, viu dois forasteiros trabalhando em alguma coisa, cavando um buraco, uma cova.

— Não — disse, calmo.

Amber o olhou.

— Os clayarcas estarão no túmulo assim que partirmos. Ele acabou de morrer. Eles vão estripá-lo e comê-lo, assim como fizemos com aqueles coelhos. Não vou dar a eles nenhum padronista.

— O que vamos fazer, então?

— Queimá-lo. Queimá-lo até virar cinzas. — Ele olhou para ela. — Você pode garantir que isso seja feito até o fim? Está forte o suficiente apesar da sua mão?

Ela assentiu.

Os padronistas tinham conseguido lenha para cozinhar de duas árvores secas atrás das ruínas. Então, buscaram mais lenha e fizeram uma pira funerária para o Preceptor deposto.

A mulher, Rain, lavou o sangue que manchava o rosto de Coransee e fechou os olhos dele. Ajeitou o corpo na pira e chorou por ele. Agora, enquanto ele queimava, enquanto Amber garantia que se transformasse em apenas cinzas, outros choravam também. Teray observou-os impassível por alguns instantes e depois se afastou. Faltava alguma coisa. Ele odiava Coransee. Nunca tinha ficado tão contente com a morte de outra pessoa. Ainda assim...

Os silentes fariam uma cerimônia, um funeral. Silentes eram criaturas ritualísticas. Os padronistas haviam deixado a tarefa para eles há tanto tempo que quase não restavam mais cerimônias padronistas. Em um funeral, seriam ditas palavras antigas e o corpo seria entregue à terra com serena dignidade. Mesmo os padronistas que não tinham mais estima por silentes do que por animais de carga assistiam a essas cerimônias com respeito. Tornara-se um direito para qualquer padronista ou silente que morresse: um momento para amigos, maridos e esposas prestarem as últimas homenagens. Os dez que haviam pertencido a Coransee, que agora pertenciam a Teray, teriam apreciado isso.

Amber ficou ao lado de Teray.

— Está feito.

— Certo.

— O que você vai fazer?

— Vou nos tirar daqui assim que enterrarem as cinzas.

— Enquanto você estava inconsciente, eles me perguntaram qual de nós os lideraria: eu ou você.

Teray se virou para olhar para ela, com uma expressão cautelosa e questionadora.

Ela sorriu.

— Eu o teria salvado se os quisesse para mim? Você sabe que eles são seus. Toda a Casa dele é sua.

— Você... você ao menos a queria?

— Uma Casa como aquela? Se você fosse outra pessoa, Teray, você e Coransee teriam sido queimados juntos.

Ele estremeceu, sabendo que ela estava falando sério, sabendo que estava vivo apenas porque ela o amava. Não era a primeira vez que ele percebia como ela poderia ser realmente perigosa. Se não pudesse torná-la sua esposa, seria sensato tê-la pelo menos como aliada.

— Eu lhe daria aquela Casa se não fosse tão longe de Forsyth — disse ele.

Ela levantou a sobrancelha.

— Não a quero tão longe de mim se eu suceder Rayal.

— Acho que você vai sucedê-lo, mas...

— Se for o caso, provavelmente será a despeito de tudo o que Rayal puder fazer para me impedir. Mas, olhe, se isso acontecer, tentarei encontrar um Preceptor em Forsyth que esteja disposto a fazer uma troca: mudar-se para Redhill.

Se não conseguir, darei a você toda a ajuda necessária para que possa estabelecer uma nova Casa em Forsyth.

— Você decidiu que vou me estabelecer em Forsyth.

— No mínimo, você vai ficar em Forsyth. Afinal, estou subornando-a.

Ela riu, como ele pretendia, mas não deu exatamente uma resposta.

— Percebe que estamos conectados outra vez? — perguntou ela.

Aquilo o assustou. Ele percebeu imediatamente que era verdade, mas não tivera consciência da ligação com ela. Não conseguia se lembrar de quando aconteceu.

— Eu o estava curando — disse ela. — Não estava blindada, é claro, e você simplesmente me agarrou.

— Não me lembro.

— Você não sabia o que estava fazendo. Estava voltando para uma posição familiar. Eu não me importei. Sinceramente, fiquei feliz por tê-lo de volta. Se você acabar em Forsyth, conseguirei uma Casa lá, de uma forma ou de outra.

Ele a beijou. Ela o deixara no estado de espírito certo para a outra coisa que tinha que fazer. Foi até o grupo de forasteiros e mulheres que observavam as cinzas de Coransee serem cobertas pela terra. Quando tudo acabou, ele lhes disse:

— Voltem para o prédio e sentem-se — orientou. — Temos mais uma coisa a fazer antes de prosseguirmos.

Eles obedeceram em silêncio. Alguns deles, Rain em particular, claramente se ressentiam dele, mas o tinham visto matar o Preceptor em uma luta justa. A tradição dizia que deveriam abaixar a cabeça e aceitá-lo como seu novo Preceptor, a menos que um deles quisesse desafiá-lo.

— Estamos cercados por clayarcas — disse Teray. — Se continuarmos do jeito que fizemos até agora, alguém será morto. Em vez disso, pretendo matar os clayarcas. Todos eles. Agora. — Os dez padronistas o compreenderam. Começaram a demonstrar apreensão. — Preciso da força de vocês somada à minha para isso — prosseguiu. — Quero que todos vocês se abram e se conectem comigo.

Houve protesto imediato.

— Você não tem o direito de nos pedir isso — disse um homem chamado Isaac. — Mesmo se tivéssemos certeza de que você sabe o que está fazendo, isso seria demais.

Teray não disse nada, apenas o encarou.

— Nós mal o conhecemos, e está nos pedindo para confiar nossa vida a você.

— A vida de vocês estará segura comigo.

— É o que você diz. Nem mesmo Coransee nos pediu isso.

— Também não estou pedindo.

Isaac o observou por um instante, depois olhou para o local onde as cinzas de Coransee estavam enterradas. Finalmente, ele abaixou a cabeça.

— Senhor. — Era Goran. Não havia hostilidade em sua voz. — Senhor, estamos todos distantes no Padrão. O Senhor tem certeza de que alguém além de Rayal *consegue* nos unir?

— Eu consigo. — Ele ficou surpreso ao perceber que estava tão confiante quanto soava. Nunca tinha unido um grupo tão disperso antes, mas não tinha dúvidas de que conseguiria fazer aquilo, nem de que deveria. — Abram-se para mim. Será mais fácil para vocês se…

— Você não sabe do que está falando! — Rain. Teray esperava ter problemas com ela. — Acha que pode fazer o que ele podia porque é irmão dele? Acha que é tão bom quanto ele?

Agora, ela estava de pé e gritava. Teray falou calmamente.

— Sente-se, Rain, e fique quieta.

— Você não é nada comparado a ele e nunca será…

Ela era muito mais forte que Jackman, mas atravessar seu escudo não foi muito difícil. Com muito cuidado, ele a deixou inconsciente, para evitar que desperdiçasse suas forças brigando com ele. Ele estabeleceu uma conexão com ela.

A união não era agradável mesmo com a mulher inconsciente, mas ele conseguiria se acostumar.

— Entendo o problema que ela tem com isso — disse aos outros. — Entendo que alguns de vocês sentem o mesmo. É por isso que tenho sido paciente. Mas agora cansei. Os que se recusarem a se abrir serão obrigados... Não necessariamente com a gentileza que tive com Rain. Goran?

Escolhera Goran porque sabia que o jovem forasteiro não recusaria.

Goran se abriu. Ao lado dele, seguindo o exemplo, Lias também se abriu. Foi o empurrão necessário. Teray não teve que forçar mais ninguém.

Em segundos, controlava a força combinada de dez padronistas. Ele se conectara e recebera a força dos dez de uma vez. A alegria que sentiu era algo totalmente novo para ele. No início, a cobertura de sua consciência lhe pareceu quase tão vasta quanto o próprio céu.

Sentindo-se como um pássaro enorme, ele projetou sua consciência sobre o território. Podia ver, podia sentir a terra parcamente arborizada pontilhada de edifícios em ruínas. Avistava as cadeias de colinas distantes, tinha consciência das montanhas ainda mais distantes. As montanhas estavam muito além do seu alcance. Na verdade, estavam perto de Forsyth, ainda a um dia de viagem, mas ele podia vê-las. Mergulhou, deixando sua consciência ampliada percorrer livremente as colinas e os vales. Então, finalmente, acalmou-se e concentrou sua atenção nos clayarcas que formavam um amplo semicírculo ao redor de seu grupo. Arremeteu contra eles, matando-os.

Antes, havia matado dezenas de clayarcas junto com Amber. Agora matara centenas, talvez milhares. Matou até deixar de encontrar clayarcas em todo o seu alcance. Verificou até o sistema de túneis subterrâneos. Quando terminou, estava seguro de que não havia mais clayarcas perto o bastante para atingir a ele ou a seu grupamento.

Então, de repente, Rayal estava com ele.

Você se saiu bem, jovem. Muito bem. Mas tenha cuidado ao liberar seu pessoal. Libere apenas a força deles. Mantenha a conexão entre vocês.

Com o que devo tomar cuidado?, perguntou friamente. *Com você ou com meu povo?* Ele nunca perdoaria o velho por lhe recusar ajuda quando ele mais precisava. Rayal captou esse pensamento.

Eu não me importo se você me perdoa ou não, jovem. Mas tenha em mente o que disse ao pessoal de Coransee há poucos minutos. Suspeito que sou ainda menos paciente do que você.

Teray entendeu o recado.

O que quer de mim?

Deixe a mulher saber que você ficará inconsciente por um tempo logo depois de liberar a força do seu povo. Diga a ela para não tentar ajudá-lo, apenas manter seu pessoal longe de você. Ela fez isso uma vez. Terá de fazer de novo. Foi bom que não tenha tirado a força dela também.

Ele não tirara forças de Amber porque ela estava visivelmente cansada. Havia cumprido sua missão do dia, pensara. Agora, obedientemente, ele transmitiu o pensamento de Rayal para ela. Rayal continuou antes que ela pudesse responder.

Agora libere-os. Todos juntos, do jeito que você os capturou. Se tentar soltar um de cada vez, poderá matar os últimos, dando força demais aos primeiros.

Teray obedeceu, deixando que a força dos dez padronistas se afastasse dele como uma mola solta.

O fôlego pareceu desaparecer de seu corpo. Parecia não haver restado nada nele. Ele cedeu, pois a força de seus músculos desaparecera. A força de sua mente o manteve vivo, mas não podia fazer mais nada. Ele ainda conseguia ouvir a voz mental de Rayal ressoando dentro dele, mas demoraria um pouco até que pudesse responder.

Nunca é fácil, transmitiu o velho. *Mas a primeira vez é sempre a pior. Dez ou dez mil, não faz diferença se não forem compatíveis com você. É o preço pela força que tirou deles. É o preço que se paga, não importa se obteve força por meio de algumas conexões temporárias ou do próprio Padrão.*

Consegue dizer se os outros estão bem? Teray não conseguia projetar o pensamento. Não tinha forças para isso. Mas esperava que Rayal ajudasse.

Eles estão bem. Mesmo aquela que você teve que nocautear está bem. Eles se perguntam o que há de errado com você.

Não são os únicos.

Rayal estava se divertindo, e projetou isso. *Você está bem, se recuperando mais depressa do que eu esperava. É melhor que fique bem. Me mantive vivo por quinze malditos anos a mais do que gostaria, esperando por você.*

Surpreso, Teray não conseguiu formar um pensamento coerente.

Surpreso, jovem? Não importa. Contanto que seja bom o suficiente para me suceder, nada mais importa.

Mas por que você esperaria por mim? Você escolheu Coransee.

Coransee escolheu a si mesmo.

Mas ele disse...

Isso mesmo. Ele disse. É claro que ele poderia ter me sucedido. Sem dúvida teria feito isso se você não o tivesse matado.

Mas você não queria que ele fizesse isso?

Ele não era bom o suficiente, jovem.

Era mais forte do que eu.

Isso não me surpreende. Ele era mais forte do que eu seria sozinho, embora nunca tenha permitido que ele chegasse a saber disso. Mas força era a única coisa que ele tinha. Aquela habilidade de cura que sua Amber encontrou em você era o que faltava a ele. Ela não foi a única curandeira a tentar ensiná-lo.

Mas por que a capacidade de cura seria tão importante para um Mestre do Padrão?

Não é a parte da cura. E sim o modo como um curandeiro pode matar. Aquele que Amber o ensinou. Sem ele, você teria matado pelo menos três das pessoas de quem acabou de tirar forças. Três de dez pessoas. Estaria abrindo buracos em clayarcas, desperdiçando uma força que não era sua. Imagine matar trinta por cento dos padronistas, mesmo numa Casa de tamanho médio.

Teray estremeceu diante desse pensamento.

Por que você não me contou? Por que não contou a ele? Se ele entendesse, talvez não tivesse que morrer.

Eu não teria sacrificado um dos filhos de Jansee se ele não precisasse morrer. Você realmente acha que alguém poderia ter dissuadido Coransee de tentar obter o Padrão?

Você, talvez.

Jovem, eu era o menos capaz. Pense! A única coisa que o impediu de me atacar abertamente para tomar o Padrão foi a crença de que o conquistaria sem lutar se esperasse um pouco mais.

Ele poderia tê-lo tomado?

Muito possivelmente.

Teray suspirou, sentindo a força fluindo de volta para seu corpo. Se quisesse, poderia ter aberto os olhos e visto Amber ao lado dele, esperando.

Nunca mais reunirei a força do Padrão em minha mente, transmitiu Rayal. *Isso me mataria. Quando a necessidade surgir, jovem, o Padrão será seu. Isso também me matará, mas pelo menos morrerei sozinho, sem levar milhares de pessoas comigo.*

Mas você não pode simplesmente dá-lo a mim. Outros vão disputá-lo...

Vou dá-lo a você. Você venceria a luta de qualquer maneira. Se houvesse alguém melhor do que você por perto, eu não o teria escolhido. E quando o tiver, com sua saúde e sua força, os que entrarem na disputa não serão para você nada além do que aquela garota, Rain. Lembre-se disso e trate-os com gentileza. Seu único oponente real está morto.

Mas outro curandeiro... Alguém que sabe como curar melhor do que eu...

Há alguém assim sentada ao seu lado. E ela sempre será uma curandeira melhor. Você nunca vai superá-la em habilidade de cura. E ela nunca vai superá-lo em força. Existem muitos curandeiros melhores, mas nenhum curandeiro mais forte. E um curandeiro mais fraco jamais sobreviveria ao que você acabou de enfrentar. Você tem a combinação certa de habilidades.

Teray suspirou, abriu os olhos e se endireitou. Olhou para Amber, e ela assentiu levemente.

— Eu também estou recebendo — disse. — Ele quer que eu saiba.

Teray se dirigiu a Rayal.

Você não poderia ter impedido Coransee de me matar, não é?

Não. Não, a menos que eu lutasse com ele. Ele já havia se decidido a seu respeito, e a perspectiva dele estava certa. Você definitivamente seria um perigo para ele, embora a princípio não quisesse ser. Não ousei lutar com ele. Havia grandes chances de que ele vencesse. Por isso, tudo dependia de você.

E você não poderia me contar nada sem correr o risco de deixar que ele soubesse. Teray balançou a cabeça. *O Senhor vem blefando com todo mundo há muito tempo.*

Apenas nos últimos dois anos. Só desde que fiquei fraco e doente a ponto de morrer caso tirasse a força de alguém exceto os mais compatíveis entre meu povo.

Ainda assim, é um longo período para blefar com pessoas que poderiam captar algum deslize em seus pensamentos.

Foi um período longo e muito cansativo, concordou o velho. *Apresse-se e venha logo para cá. Você não tem ideia de como estou cansado.*

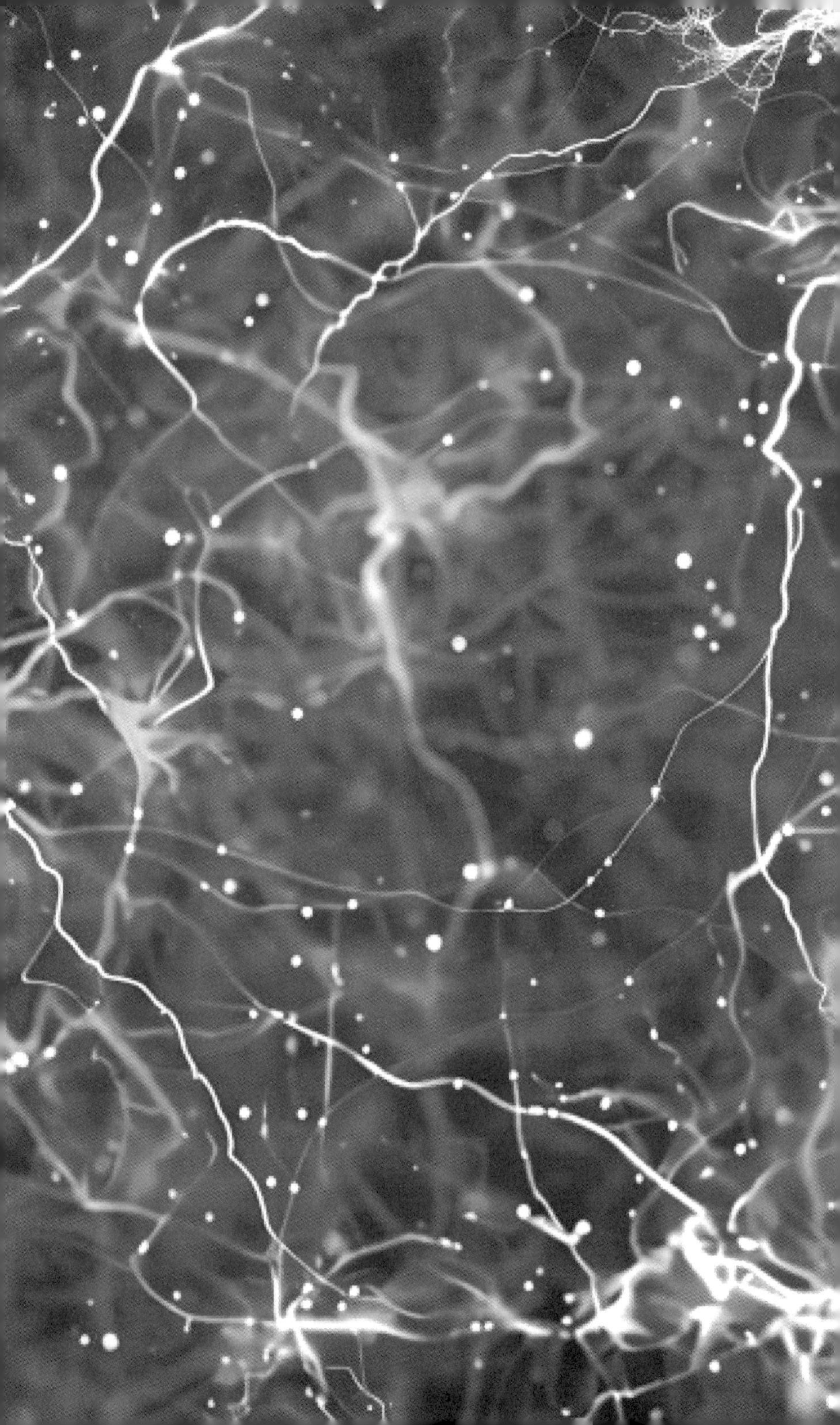

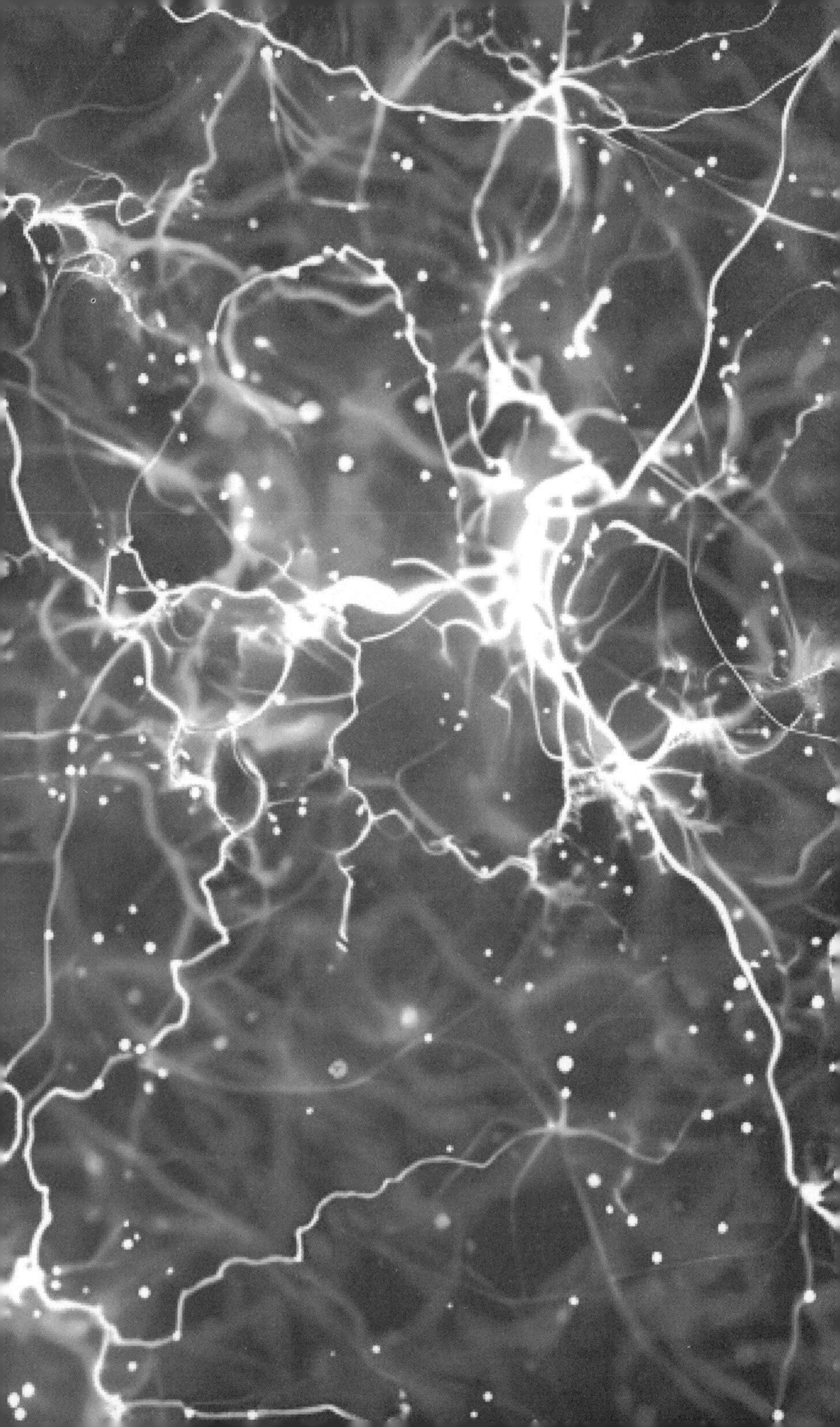